每個人心中都有一座島嶼，
藉文字呼息而靜謐，
Island，我們心靈的岸。

此時
here & now
此地
劉梓潔

此時此地

目錄

（開場）那一班飛機

沒有巧合這回事。

世界上所有事情的發生都是一連串的自然趨勢與因果業力造成。現在的每一個動作與念頭，其實都已經投擲出一股或強或弱的力量，將在未來發生作用。但我們無所覺，總是抵達事件的終點時回頭一看，才發現所有線索在起點已經出現。

也許，還是要從那班飛機開始說起。

《父後七日》電影拍攝，以香港始，以香港終。開拍第一天就拍香港機場，回台灣拍了半個多月，錢沒了，停下來，大夥暫時解散。一停，停了一年半。資金到位，重整部隊，幸好演員們沒人大肚子也沒人理光頭，第二階段的拍攝，最後一天在香港中環殺青。

一年後，世界首映在香港。

本來我沒想那麼多，是又過了半年，電影要在香港院線上映，片商請我寫篇文章當作宣傳，才把這一切連起來了。

倒帶。回到父親過世那年，二〇〇五年，香港日本友好旅遊年。從台灣經香港轉機到日本，機票幾乎只要直飛的一半，又可以玩兩個地方。那時，我還在雜誌編輯台忙到爆肝，每天在採訪寫稿看版面與打不完的電話裡，趁隙上網訂妥機位，計畫好行程，等待休假。出發前兩個禮拜，父親走了。但我沒馬上取消行程，我媽說你喪假完就出國去玩會給人笑死，我說那你幹嘛去跟人說。

與其說我不甘心浪費一張機票，不如說，冥冥之中，我感覺，這趟旅程有「什麼」在等我。

出發期一延再延，旅行社一催再催，終於在機票到期最後一天出發。香港停留四天，再到東京。那四天住在香港朋友W與S夫妻東涌的家，他們始終待我親如家人，避免與我聊到父親，盡情陪我散心，日逛大澳漁村，夜遊旺角街頭，見了好多朋友。有晚大夥在廟街大排檔一排坐開，喝啤酒、扒煲仔飯、吃蠔餅。我罪惡嗎？那時爸爸才掛一個多月。不，我想都沒想，儘管置身天星小輪，面對維多利亞港吹風，這般容易懷舊思親的情境，我都安然過關，盡量相信自己堅強樂觀，相信，哦可能我已經好了。

四天後道別W與S，搭早班飛機往東京。那班飛機很空，我一人坐一排座位，前後排皆無乘客。突然，它來了，我毫無預警措手不及，被一個念頭打到痛哭流涕，無法抑制，不哭出聲將無法呼吸，在隆隆引擎聲中，旁若無人地，縮在座位裡，第一次好好地為爸爸哭了一場。

父後某月某日，我坐在香港飛往東京的班機上，看著空服員推著免稅菸酒走過，下意識提醒自己，回到台灣入境前記得給你買一條黃長壽。

這個半秒鐘的念頭，讓我足足哭了一個半小時。直到繫緊安全帶的燈亮起，直到機長室廣播響起，傳出的聲音，彷彿是你。

你說：請收拾好您的情緒，我們即將降落。

這是〈父後七日〉的最後一段，卻是整篇文章最早誕生的部分。因為得到這個結尾，我決定開始寫這篇作品。後來，才有得獎、改編劇本、拍電影這一連串事情。也就是說，如果我當初沒坐上那一班飛機，就沒有《父後七日》了？有可能。但這都是後話。

可以確定的是，確實是這部電影，帶著我去了香港、首爾、九州、北京、舊金山、印度、倫敦等等地方。影展邀約告一段落之後，我發現，我停不下來了，又自己去了洛杉磯、曼谷、巴黎、比利時、尼泊爾、峇里島、京都、伊豆、東京。所以才有了現在這本書。

當說出「此時此地」的時候，此時此地已經從上一個瞬間悄悄溜走，成為過去了。也因此，我們只能倚賴許許多多的語言文字，一次一次地，去召喚或提取些什麼。

有位八字神算大師說過：「你本來就是命帶文昌驛馬，注定要一直旅行一直寫的啦！」哦？這麼說來，我並不是自以為的旅行者或探索者，而只是命運的旁白員或抄寫員囉？

但我更喜歡另一個說法。有次電影圈的聚會，一位同行誇獎我是「老天爺賞飯吃」時，另一位熟識的導演朋友說：「她是老天爺賞水龍頭啦，只要把水龍頭裝在看中的那面牆上，一轉，嘩啦嘩啦故事就會流出來了。」

他們都過譽了。其實我經常釘十個水龍頭，只有一個流出水來。也許這本書，正是我帶著滿口袋的水龍頭，不斷在世界各國的機場、在荒漠、在高山、在絢爛城市高樓、在蒼涼山城小鎮裡，敲敲打打的紀錄。

當然，也有時候，去到一個地方，或看到一個人，就像眼前出現一座壯闊磅礡的瀑布。你什麼話都不用說，什麼事都不用做，只需朝那水煙瀰漫處走去，以雙手汲起一捧清水，並希望能從裡面看到彩虹。

尋找向田邦子

1. 長崎先生

飛機誤點了。候機室裡的位置剩不多，我習慣找同是單人旅行且看起來安靜的人旁邊坐下。這次，是個穿黑襯衫的男士，他正低頭看雜誌。停機坪無風無雨，但這班飛機由香港飛來台北，再飛往福岡，廣播說，由於香港有颱風，延誤起飛，請耐心等候。前方櫃台開始發礦泉水。我沒起身，繼續看書。

「喝點水吧！」黑襯衫男士遞給我一瓶水，用日文說。我抬頭，有點詫異地看著他。他補上：「是免費的。（Free des.）」「謝謝。但我不是日本人，您可以講英文嗎？」我用英文說，並瞥見他腿上的雜誌是一本英文《經濟學人》雜誌或什麼專業學報。他的英文流利且完全沒口音，雖然我們只聊了：他來自長崎，我要去福岡。長崎比福岡遠，還要再搭兩三小時的車。哦長崎我知道，原子彈和蛋糕。呵。長崎先生連笑都像一本原文學報般嚴謹，淡淡牽動嘴角。

第二次誤點廣播，前方提供熱茶和咖啡，感謝您的耐心等候。長崎先生說他要去拿杯咖啡，問我要嗎？我搖搖頭說謝謝。接著，飛機來了。我們起身登機，他問我除了福岡還要去哪裡嗎？鹿兒島。去玩嗎？不，我要去文學館看一位作家的展覽，Kuniko Mukoda。長崎先生沒什麼反應，也許是我發音不標準。

我們的座位隔很遠，上機後我就沒再見過他了。我想，與有些人的緣分，僅僅是他幫我拿過一瓶水，如此而已。而我對他說的最後一個字彙是，向田邦子。

2.你會哭死

也許有點不要臉，但我仍要小小聲地說：我覺得，我和向田邦子有點像。

第一個說我像邦子的人不是我自己，是我的哥哥。那也是我第一次聽到向田邦子的名字。

七年前的秋天，父親剛過世不久。有天哥哥打電話給我，語氣嚴肅：「最近有一本新書你不能看，你會哭死。」他說，那本書叫做《父親的道歉信》，作者是向田邦子。「因為我覺得書裡那個爸爸有點像咱爸，而她有點像你。」

我那時想，被說像誰像誰，是寫作者的大忌耶。自己的哥哥來踩線了，而且說得中肯認真，考慮到就要動筆寫〈父後七日〉，能不被影響還是不被影響的好。我像個聽話的妹妹，對哥哥說：「好的，知道了，我不會看。」

這一錯過，就是四年。四年來，有心的出版社，一系列出版這位日本國民偶像的書，新書平台上，屢見讓我直接連結到「你會哭死」的向田邦子四字。我竟也能啟動防衛機制般地自動略過。

直到三年前，到京都旅行，逛書店時，一本大開本的食譜吸引著我。攫住我目光的是封面那位廚娘穿著的圍裙，簡單的幾何線條，大膽卻不突兀的配色，都在說著：「這就是格調」，天秤座兼金星二宮的我，不免升起「好想要一件唷」的欲望。接著，才看到書名：《向田邦子的手料理》。這個做菜的向田邦子，就是那個向田邦子嗎？

是的，那件超有格調的圍裙的主人，就是作家向田邦子。這本食譜，是她的拿手好菜集錦，還附上了邦子的食具器物收藏，就跟那件圍裙一樣，不是彰顯品味，而是把品味怡然自得地用在生活上，表現出來的一種自適從容的氣質。在作者簡介上，我看到了她最戲劇化的生平：向田邦子一九八一年喪生在台灣苗栗的

遠航空難，那正是她獲直木賞的隔年，寫作事業如日中天之時。

我開始好奇，這位與我最終以一件圍裙相遇的傳奇作家。回台後，像要趕進度一樣，把她作品的中譯本買齊，一本接一本看。

我知道，我們哪裡「像」了。

我們都寫劇本、散文和小說，許多作品的題材都跟父親與家庭有關；我們都是長女，都養貓愛貓；我們都愛吃愛旅行，都有著讓周邊朋友稱讚的廚藝；我老把我要開餐廳當作好玩掛在嘴邊，向田邦子真的經營了一家居酒屋。

但除卻這些虛榮的巧合，真正讓我想去尋找向田邦子的動機，是讀到她一寫小說就得到直木賞時寫的話：「一個年過五十的女人，除了寫電視劇本外，還抽空發表一些散文隨筆，更忙裡偷閒從事短篇小說的創作，竟意外得了文學獎。這是幸運也是幸福吧。」

我剛過三十歲，二十出頭歲到三十歲這段時間，一直想靠寫電視劇本維生，卻苦無機緣，幹了記者、編輯、文案、企畫等等寫字活，偶爾創作，得了兩個文學獎；

三十歲，第一個電影劇本面世，就得了兩個編劇獎。

正因為這份老天給我，比向田邦子多出來的幸運與幸福，我決定去尋訪她生活與創作的痕跡。

3. 我有美白

我在一場流浪計畫甄選的複審面試，對著三位評審，盡量從容鎮定地，講述上面這一大段動人的奇緣巧遇。我甚至有點老神在在，勢在必得，新科金馬獎編劇要去探訪一位死在台灣的日本傳奇編劇耶，「安啦，不給你還能給誰！」面試前朋友們這麼鼓勵我，而我也這麼被說服。

現在，聽我簡報完，三位評審神色不動，看不出喜惡，似乎沒有人想問問題，我開始有點緊張。評審一說話了：「這是很棒的計畫，期待看到你實現它。」賓果！我強壓著得意，微笑說謝謝。評審二接著說：「如果你沒有通過甄選，你還是會自己完成嗎？」我胃一揪，思考了三秒鐘，回答：「我會。」評審三仍然沉默。

氣氛有點僵硬。評審一忽然說：「你不是常跑來跑去嗎？怎麼皮膚那麼白？」糟糕了，我聽不出來這是質疑、讚美，還是現在要開始聊天？迅速地判斷應該是第三種可能，我呵呵乾笑了兩聲，然後說：「我有美白。」本來我要輕鬆一點加個語助詞（我有美白啦），但是這四個字從嘴唇送到空氣中時，我就啦不出來了，因為我看到它像四個冰雕字，瞬間凍結在半空中。對，沒有人覺得好笑。我第一次感覺到原來很冷可以這麼具象。評審三開口了：「謝謝你，我們會再通知你結果。」我看著立體冰雕字變成碎冰塊，劈里啪啦散落，我拉開椅子，起身鞠躬，把這些碎冰揣在胸前，走出會議室，神色恍惚走進豔陽燦爛的台北巷弄。

我知道讓我心冷的不是錄取無望，而是我的驕傲與自負。我太習於被誇愛與肯定，習於百發百中，以為只要來聊聊天就過關了。我的輕浮，正如一個想著美白的流浪者，無法餐風露宿，無法深刻。還好，主辦單位沒讓我七上八下太久，當天傍晚就寄來

email：「您的計畫未能錄取，實為遺珠之憾。」

我這顆遺珠關起蚌殼，憂鬱了兩天。然後，我想著對評審二說出的允諾：「我會。」翻了一下存摺，看了一下行事曆，上網訂機票。

4.三義

啊，真的有耶。

我想這件事想了兩年，真正完成時，只需要不到兩小時。從台北開車南下苗栗，再開上三義往苑裡的縣道山路，路邊停車，爬幾個階梯抵達一座涼亭，涼亭毫不起眼，尖頂紅瓦，亭外有香爐，亭裡有塊碑，有張供桌，桌上擺了觀世音、土地公等數尊神像。

我為這座亭而來，因為上面刻著：遠航空難紀念亭，我為這塊碑而來，因為碑上刻著所有罹難者的名字。在車上，我琢磨著應該用何等肅穆或崇敬的心情，跟她打招呼。結果，在碑上找到她名字時，竟好像坐在遊覽車上導遊說趕快看那邊有瀑布，那樣地脫口而出：啊，真的有耶。唉，第一個大不敬。

向田邦子。這兒，就是這位傳奇日本才女作家的殞落之地了。她的作品風靡了好幾代日本人，譯介到台灣後也成為文青新偶像。既是傳奇，就有傳聞。官方說法是，她與日本出版社團隊一起來為新書找資料；但也有八卦說她是隻身來台，並南下去與台灣企業家情人約會。而碑上，與她並列的還有許多日本人名，也許的確是前者。本該撫碑憑弔，而我卻揣測著八卦。第二個大不敬。

這時，腳板忽一陣刺痛，低頭看，一群大螞蟻正攀著我的腿往上爬。神像在前，不敢殺生，我跺著腳，從包包裡翻找出紫草膏，最終狼狽離去。向田邦子曾經寫過，她總是在一切完美時來個小出槌。讀小學時勞作課摺好了紙鶴，忍不住去幫不會摺的同學，再轉頭時，自己的紙鶴不知何時掉到地上，被踩扁了。

我回到車上，轉頭看了看這座涼亭。竟感覺自己正猶如邦子筆下的，被踩扁的紙鶴。

5.鹿兒島

飛機誤點兩小時，抵達福岡已是晚上十一點。從機場換地鐵到博多車站，網路上訂好的商務旅館就在離車站步行十分鐘的地方，單人房一晚含溫泉只要四千日圓。隔天一早就要搭新幹線往鹿兒島，晚上預定的行程非常簡單：一風堂拉麵、泡溫泉、睡覺。

我對福岡並不陌生，前一年全程參加福岡影展，從開幕到閉幕整整八天七夜，中間除了幾場放映與採訪，其他時間都和影展翻譯、志工到處走晃，從老城區的寺廟、新穎的潮牌商場，到近郊的溫泉小鎮，每晚在路邊攤和居酒屋流連。福岡的秋天和煦宜人，工作人員待客如親，全程八天都沉浸在溫暖舒服的氣氛中。

但現在，自己一個人重返福岡，拉著箱子從博多車站走出來時，第一個感覺是，好暗。周圍的店家都關了，街上幾乎沒人。我加快腳步，麵不吃了，只想趕快到旅館，倒不是怕危險，而是怕那黑暗會慢慢地從外面爬進心裡。沒錯，那叫寂寞。我想念去年那些飄浮在空氣中的各國語言與笑聲。

這晚睡得奇差。早早退房，繼續搭車。在火車上小睡一會兒，喝了咖啡提神，到了鹿兒島，我又變回那個可以為了省一百日圓，而把箱子舉起來放到上層寄物櫃的強壯背包客了。第一站，鹿兒島近代文學館的「向田邦子的世界」特藏室。

手稿、藏書、衣物，這些在書上照片都已看過。文學館最有看頭的，是照著邦子最後居住的高級公寓格局，還原了那品味獨特的客廳，桌上還擺著一杯一紙一筆，好像主人只是暫時離開座位去倒個水，等下就回來繼續寫作了。在許多紀念專輯裡，看到一張照片，是空難發生後，由當時在台灣旅行的日本遊客提供的。邦子在台北龍山寺，穿著一襲優雅隨興的長袍，時間是墜機前兩天。照片圖說寫著：邦子最後身影。

看著這些，我都只是瞻仰、欣賞、緬懷。唯獨戴上耳機，聽著她生前的錄音紀錄時，沒經過悲傷情緒，眼淚自動流了下來。我們讀著白紙黑字時是靜默的，但它其實已湧動著作家的音質與聲線。原來那就叫共鳴。

接著再到向田邦子舊居遺址、她的小學母校之後，我搭公車，來到市郊的Sun Royal Hotel，這是她乳癌痊癒後，重遊鹿兒島時住的旅館。這家旅館的賣點不只是向田邦子住過，還包括面對著櫻島的頂樓景觀大眾溫泉浴場。「**午後陽光照射在山壁上散發灰色光彩，隨著夕陽西下，由金黃色變成褐色、紅色、紫色，再從墨色化為黑色剪影逐漸融入夜色裡。**」太好了，我最不擅長寫景，既然邦子已經寫了，就直接引用了。但我不確定我是否看到了這些變幻，只覺得泡得飄飄然，只想偷睡一下。

醒來已天黑，換了衣服出外走走，我才發現這兒地處荒涼，像十多年前的內湖舊宗路。建築物皆碩大而各自獨立，有一家園藝工具賣場，一家保齡球館，一家柏青哥，一家過季商品賣場連著超市，外頭

各有比賣場還大的停車場。我的選擇只有超市了。提著兩顆蘋果，一罐鋁罐沙瓦，走在冷清寬闊的大馬路，車子一過就揚起漫天火山灰。我原本還想著可以走去吹海風看夜中櫻島，但往海邊看去，眼前只有黑壓壓一片。

6. 布魯日

去布魯日時還沒有認真規畫尋找邦子計畫，只是帶上一本她的散文集，裡面有篇比利時遊記。

人家說布魯日是個一天可來回的觀光城市，但我在這排了四天三夜，每天穿街走巷來來回回，選不同的餐館吃飯，喝不同的啤酒，有時就待在民宿寫作上網。第二天走在路上，兩位加拿大老太太請我幫她們合照，拍完後，她們其中之一很堅持用我相機幫我回拍一張。道別之後，我邊走邊檢查相片（本來想如果看起來太胖或太呆，

就刪掉的），在數位相機小小的預覽螢幕上，我看到了背後餐廳的名字：Gruuthuse，唸出拼音：庫、羅、斯。

就是向田邦子來布魯日時住的餐廳民宿?!

我走回去，問了老闆。他們不知此事，而幾年前樓上已不兼營民宿。老闆說：「但我們已開六十年，所以三十年前有日本作家來住，是很有可能的。」但我認為以邦子的風靡程度，應該有日本遊客來尋訪過才對，也許不是這家。但既然來了，就坐下吃飯吧。室內已客滿，我坐在門口，餐點非常正點。已經六月，布魯日仍涼意逼人，隔壁桌一對男女與我邊打哆嗦邊相視而笑。

突然，老闆走出來，遞給我們每人一條毛毯。

酒精濃度百分之七的小丑琥珀啤酒已在體內發酵，於是，我披上毯子，爽然曰：「這是三十年前日本女作家蓋過的嗎？」

7.高圓寺與神保町

來自布列塔尼半島的皮耶先生坐在百年町屋玄關，鞋子三脫三穿。

我從沒想過日後逢人敘述起「尋訪向田邦子足跡的東京之旅」時，會用這句話開場。

先說百年町屋。氣氛很重要，為了讓這趟尋訪全程浸泡邦子生活過的昭和時代氛圍，我連住宿都放棄之前每次來日本住的平價連鎖商務旅館，而找了由百年老屋改造而

成的青年旅館。東京這些年有點像台南（或台南像東京？），有許多年輕人投入老屋再生，開了書店、咖啡館及民宿。老房子裡，擺上深木頭色澤的上下鋪，幾間大房間規畫成女生宿舍及男女混住宿舍。除了一張床頭附閱讀燈的單人床鋪外，床底隔成兩大個置物櫃，正好上鋪下鋪房客一人一個，這就是所有的私人空間了。進入房間請輕聲細語，其他的刷牙洗臉沐浴吃飯喝茶喝酒上網聊天需求，都到公共空間。

所謂「昭和氛圍」，並不是完全復古和風，而是受到西化影響，開始穿上西裝洋服，吃點西餐喝點咖啡，但仍優雅細緻，說得簡單一點，是一股舊時代的時髦味兒。邦子愛去的地方，幾乎都是這樣的調調。

第一站，高圓寺。車站外的商店街，滿是異國料理、酒吧、咖啡館、書店、民族風服飾店，瀰漫著文人的浮浪雅痞氣，邦子的祕密情人N，就住在這區域。她經常在飯店閉關寫劇本之後，趕到生病中的情人的家下廚，稍晚一點，再回與父母同住的家。N狀況好一點時，會搭電車到神保町，買柏水堂的甜點去飯店探望邦子。

到了柏水堂，我才知道，這是一家店裡鑲著彩繪玻璃，店員穿著典雅白圍裙的法式甜點店。雖然是一家老店，但玻璃櫃裡琳瑯滿目的蛋糕，賣相可口，並不輸新潮流行的法國品牌。我嘴饞了，在店裡吃了一塊檸檬派配紅茶，還不甘心，外帶了兩片馬德蓮。回旅館前，照例去超市買晚餐，有時是半價握壽司，有時是一碗豬肉味噌湯。可是我一直心心念念著背包裡那兩片散發誘人香氣的貝殼點心，決定不吃主食了，就買瓶小瓶波爾多紅酒配甜點吧。

當我在公共餐桌擺好我的「法式晚餐」時，背著大背包、滿身是汗的皮耶先生走進來了。他對於有人這麼愛戴他國家的食物（而且這個人在東京自助旅行哪）感到新奇，我們就這樣聊開。之後幾天，皮耶每天騎腳踏車到處拍照，而我照常乘地鐵去邦子去過的廟宇、咖啡館、餐廳、百年糕點店。晚上，也不知誰等誰的，就會在餐廳遇到，隨興聊天。

最後一晚，我去找在東京讀博士班的研究所同學，兩人在吉祥寺吃過晚餐，回來得稍晚，皮耶和其他房客在大廳喝酒聊天著。我有點累，說明天一早要退房，先上去房間打包行李了，皮耶站起身，說陪我上去。我不知道他的意思（六人一室的多人房可以幹嘛？），但我聳聳肩說好啊。

大廳與房間區，隔著一個小院子，必須坐在玄關脫鞋，才進入那百年町屋。我穿夾腳拖鞋，俐落一踢，上了階梯。皮耶鬆著登山鞋的鞋帶，脫了一隻鞋。這時我們同時發現四周好安靜，彷彿考驗著兩個人到底在想什麼。皮耶看看我，說：「我還是不上去了。」我說好啊，轉身要上樓，皮耶又說：「等我一下，我還是跟你去。」我也說好，站著等他。

皮耶就這樣三脫三穿，我忍不住笑了，他也尷尬地笑著。終於，他穿好兩隻鞋，起身回大廳去。我說：待會兒見。但我收拾好，沐浴畢，就直接上床睡覺了。

向田邦子有篇很著名的散文〈找手套〉，寫她有個冬天因為買不到喜歡的手套，寧可受凍感冒，也不將就隨便買雙手套禦寒。邦子自剖因為自己這種眼高於頂的性格，終於變成了四十幾歲無夫無子，卻依舊在尋找即使窮盡一生也找不到的東西。邦子寫著：「我到底想做什麼?我到底適合什麼?」

邦子很「挑」，那幾天我跟著她吃，真吃到了些好東西。但她說自己這種貪得無厭、老是在「找著什麼」的個性連她自己都討厭。我突然覺得我比她還要糟糕幾百萬倍，因為我總是在「等著什麼」，成天嚷嚷有就有，沒有就沒有，看似瀟灑豁達，其實可有可無，模稜兩可，虛晃而擺

爛。等到發生了，才發現自己根本不要；而真的要的，恐怕窮盡一生也等不到。

我埋怨這位法國男士嗎?正好相反。我感謝他那三脫三穿，讓我慢下來，看見自己的要與不要。正如那晚，我最想要的是好好睡一覺。

8. 多磨靈園

我想邦子一定知道我喜歡戲劇化，才會安排了這麼一場暴雨。

日本多年前就流行「散策」，網路上可以找到歷史、日劇、作家、小說等等主題的散步地圖，這位國民女作家的墓，當然早已有人踏訪。只是，我沒有想到，從東京市區的山手線，換車到多磨靈園站，竟要將近兩小時，若熟門熟路一點，可以坐快車到中繼站再轉乘，但我轉了兩次車後，頭腦已打結，乾脆一路慢車到底。

出了電車站，並看不到任何墓園的指標，我循著直覺，再換公車，正當一切順利時，原本晴朗的天空忽然烏雲密布，接著降下豆大雨滴，又迅速轉成大暴雨，就要到站，四周蕭索靜謐，連家便利商店都沒有，從車窗模糊看見一片花白中，有家窗明几淨的咖啡館，我想，好吧，就去那兒躲雨。

下車冒雨衝了一段路，到咖啡館的騎樓下，往裡張望，大面窗子，簡單桌椅，格子桌布，桌上擺著格調不怎麼樣的塑膠鬱金香，無所謂，躲雨罷了。走到門口，自動門往兩側退後，室內的冷風襲來，穿著西裝的一男一女侍者臉上帶著疑惑但仍使勁微笑，走近我，問：「需要幫忙嗎？」我才看見，這不是咖啡館。牆上的壓克力刻字大大寫著服務項目：墓地仲介、高級石材刻碑、各式法事……原來是一家人本事業公司。我悻悻然走出來，就算真的要戲劇化地買個生前契約，我用來點菜坐車的初級日語並不足以應對。

果然，這條名為「多磨靈園南參道」的馬路上，是一排葬儀社、石材行以及花店。若要「假裝逛街購物」，只有花店可以去了。而這時，我發現斜對角真的有家咖啡館，原本就把這趟旅程當作「尋找」，碰到什麼是什麼。所以，裡面會有個大帥哥店員嗎？人生真要戲劇化至此嗎？我走進去了，一身濕答答，裡面只有一個親切熱絡的歐巴桑老闆娘。我點了杯咖啡，用紙巾擦乾身體。老闆娘送上咖啡後，繼續在櫃台後做著類似摺蓮花的家庭手工。忽然，四周明亮了起來，雨停了，太陽帶著藍天白雲重新出現。前後不過十分鐘。

走進墓園，暴雨過後的豔陽，讓四周的參天大樹閃耀著水珠。這墓園好大好大，向田家之墓在12區1種29側52番，而每一區有一個街區大小。主要道路兩旁有好些大人物的墓，立了雕像與墓誌銘碑，而向田家之墓就如一般尋常人家，標準size，位置隱蔽。墓前除了鮮花，沒什麼祭供品（不似小津安二郎墓隨時有粉絲獻上的各種濃淡酒），旁邊的小灌木上，掛著兩三個貓咪吊飾，想必是邦子的讀者知悉她愛貓，帶來陪伴她的。墓碑旁，立了一座半個人高，如一本攤開的書的紀念碑，碑上一邊刻了邦子生平，一邊是老演員森繁久彌的題辭：「**花開，花香。花謝了，香氣依然飄散。**」

我知道邦子是愛美的，但懶惰的我習慣旅途中棉麻衫牛仔褲打扮，而淋雨讓原本的隨興變成狼狽，從背包裡拿出唯一行頭：一條喀什米爾圍巾，圍上後做了個沉靜矜持又彷若千言萬語的女作家表情，但隨即又蹲又趴在泥濘地上搞自拍，弄到一身髒兮兮時，我仍不知道，這場雨，或這次尋訪，或邦子，要告訴我什麼。

我只知道，那一天，走出墓園時，我走錯了出口，又繞著墓園走了好長好長的路。

帶媽媽去京都

1. 小女生

有個五歲的小女生一直嘟著嘴。問她什麼她都說不要，逗她也不給面子。那是在花蓮，最疼她的乾媽的婚禮上，非常反常，她本來是一堆叔叔阿姨心目中蘋果臉胖嘟嘟的小可愛，看到糖果就眉開眼笑。是難過乾媽要出嫁嗎？是抗議為什麼小花童不是她嗎？她沒有答案，她的母親也沒有答案。母親幫她穿了腰間繫紅色蝴蝶結的黑絨布小洋裝，比起其他跑來跑去的那些親戚小孩，她像個小公主。

這次婚禮有專業的隨行攝影師，乾媽加洗了一整套照片給每位親友，變成她童年相冊裡數量最多的一組照片。而她每張都是苦瓜臉。

「你那時到底在想什麼？」偶爾家族聚會大家拿出照片來看時，母親就會問她。她會翻白眼，繼續埋進自己的圖畫書或少女小說。對她而言，那是她第一次知道什麼叫做沒來由的憂鬱，第一次知道，也許她不再是母親可以用臍帶或小洋裝縛綁住的了。

2. 好好的

有天下午煩躁得莫名其妙，在家裡走來走去，我想，不行，我要搞定我自己，不能讓這負面情緒在家裡像暴風圈似的擴

散滋長。對，現在就去換衣服，離開屋子，找一件快樂的事做。

　車子從地下停車場開上地面，突然下起滂沱大雨，而我不知道快樂的方向在哪。想起前兩天在網路書店買的書送到便利商店了，裡面有好多想看的新書，我想那是能讓我立即開心的事。開三分鐘的車下山取書，便利商店新來了個手腳不利索的小弟，搬出箱子後對名字對半天，我很沒耐性地說沒錯，就是那個了，我要付錢給你了，不會錯。我態度一定很機車，店長趕緊過來幫忙結帳，連忙抱歉。

　回家直接躺在沙發看小說，看到睡著，做了個夢。

現在的三十二歲的我，趴在老家車庫，媽媽的偉士牌摩托車上，娃娃音說：「我要睡覺。」媽媽過來，像對待一個兩三歲小孩，問：「小寶貝你現在在幹嘛？」她親親我臉頰，摸著我的頭，一直抱著我（其實完全是我每天去吵貓咪睡覺時的動作與用語，只是現在我變成小貓）。現實生活中，從小到大，她從來沒有這樣對我做過。

我在這種怪異的甜蜜中醒來。我知道，是身體裡那個小女生又在鬧彆扭了。而我能做的也只是與小時候一樣，看書吧。

我想我媽現在一定後悔得很。因為有次她碎唸我離經叛道不聽話時，我回她一句：「誰叫你從小要買那麼多書給我看？」她很疑惑，愛看書的小孩不會變壞不是嗎？我洋洋灑灑說了因為書裡面就是在教導一種自由精神，不要被束縛，要勇於創造啊。她只覺得我在胡說八道，囁嚅著那某某某和某某某（都是其他親戚朋友的小孩），還不都從小跟你一起看課外書怎麼人家現在都乖乖做老師做公務員？

其實我知道母親的嘮叨裡，藏著一股被背叛的怨氣，像是愛情長跑二十年最終被拋棄，只要說起那個負心漢，就會來一句：「要不是你那樣，我們現在一定會好好的。」母親所謂的「好好的」，就是我讀完師大當個單純的小鎮中學老師，嫁個鄉公所某某課長，養兩個小孩，若有個小女兒就在家族親戚婚禮上幫她穿腰間繫紅色蝴蝶結的黑絨布小洋裝。

因此，知悉我與母親緊張關係的朋友，知道我要自己一個人帶媽媽一個人去京都五日自由行時，都驚訝萬分：你確定？不要吧？真的想盡孝心就出錢讓她去跟團啊！我哥則很實際地叮嚀我：如果她囉唆你就當作沒聽到，什麼都說好啦知道啦。

我開玩笑回以：「我小時候她不是常說，再哭就把你嘴巴縫起來嗎？那我這次就跟她說，再唸就把你丟在日本！」老實說，我也不知道我這次為何如此孝心感動天，大概是，我有信心，我們會好好的吧？

3. 錦天滿宮

京都之行主要是為了還願。

我不知我是何時變成一個愛算命愛發願的人。但這的確變成我與母親兩人都有興趣的少數話題之一。

童年時跟父母出遊，不管上山下海，行程裡總有廟，翻老照片，常有一家五口圍著石獅或金爐的畫面。玩法簡單，燒香拜拜，在廟前參道買小吃，傳統閩式點心：綠豆糕、蔴荖、大餅，或台式創意料理：紅薯煎餅、花生糖包冰淇淋，喝點打著養生名號、裝在大冰桶裡的飲料：決明子、山粉圓。

媽媽帶著我們求神的第一件事往往是高中聯考。影印准考證在大小廟膜拜祈願，若心想事成必來還願。哥哥大學聯考前和堂哥騎摩托車到南投山裡晃蕩，在小廟祈求金榜題名。哥哥果真考上了，媽媽堅持一定要回那間廟還願，否則將夜長夢多。那天我們不但去拜拜，還上清境農場買了高麗菜。我那時想，喜歡一個地方一定要在那兒找間廟發願，這樣就可以有正當理由再去一次了。

二〇〇九年冬天在京都錦市場錦天滿宮點了一根祈願蠟燭，上面寫著：「寫作豐收」，隔年似乎幸運地收成了。抵達京都，放好行李，第一站就是這裡。母親行前一直問我你當初怎麼下願的？要不要打金牌？我跟她說日本的廟沒有這一套啦。我用我自己的方式，中文日文夾雜的，對祂說：「謝謝您的幫忙，未來一年也請多照顧，我會更努力的。」

母親亦神色虔敬，唸唸有詞，這兒不拿香不燒金紙不放祭品，她似乎有點不習慣。但她學著我，雙手合十，深深鞠躬。

我知道她有抱孫的心願，隔天特地帶她去嵐山的野宮神社，沿路像個歐巴桑一樣向她解說：「日本王妃雅子妃啊不是都沒生嗎？就是來這邊拜結果就生了。」我幫她買繪馬，用麥克筆寫上「今年當阿嬤」，她笑得開心，說如果成真，就可以再來京都了。

4. 茂庵

童年最夢幻的一幕。我大約三歲，夏天傍晚，媽媽幫我洗好頭洗好澡，帶著我到三合院外的稻埕，站在有陽光的地方，把頭髮曬乾。媽媽教我繞圈圈，藉著離心加速度，把頭髮上的水珠甩掉。一大一小的女生，都穿著白棉布背心洋裝，流瀉著長髮，在陽光下繞圈圈，我隨著旋轉的影子，漫天飛灑的晶瑩水珠，發出銀鈴般的笑聲。

如果那時我三歲，母親不過二十七歲，比我現在還小好多歲，還是個年輕女孩，心中應該還有很多浪漫，但她已經是三個孩子的媽了。

我想帶五十七歲的媽媽做件浪漫的事，所以帶她去茂庵。即使去過巴黎河左岸朝聖，要選出心目中世界第一名的咖啡館，我還是投京都吉田山上的茂庵一票。從哲學之道切出來，拾路往西，穿過一區靜謐住宅，便到吉田山底，依路標找到茂庵入口。歪歪拐拐的山徑上，住戶零星，路上小貓遛達，隨高度上升進入林子，空氣濕潤，兩旁羊齒植物滴著水滴，再一拐彎，樹林裡一座老木屋，便是茂庵。

母親爬坡爬得有點累，但看到這如童話世界的木屋時，忍不住驚呼：「真的每一個轉彎都有一個驚喜耶。」（機車女兒不禁要表示，這是我從小到大聽到母親說出的少數有詩意的句子之一。）木屋外頭，幾乎聽不到任何聲響，推開木門、脫了鞋，屋內流瀉音樂與談話聲，座位邊有藤籃供客人放包包。氣氛寧靜端穆，但心頭是輕鬆的，像是把心安妥而輕巧地暫時放下。我們坐在面窗的吧檯，喝著熱柚子茶，看著京都市區與遠方的大文字山。

我是個除了唸書其他所有事情都讓媽媽操煩頭痛搞眠夢的小孩，她嘮叨我臭臉，是我們三十年來的相處模式。聽說茂庵的老闆不允許室內拍照，怕快門聲打擾客人。之前每次來，我也都帶著怕打擾山中精靈般的謹慎，把相機收好。但這次，我偷偷地按了快門，因為我竟看到了很難得看到的，媽媽閒適平靜的模樣。

後來，日本友人在我的臉書上看到這張照片，留言說：令堂好「御洒落」啊！在日文是時髦之意，但「洒落」兩個漢字，讓我想起三十年前，這對母女曾無憂無慮在陽光洒落處追逐著水珠。

但願三十年後，我能記得，那天，與媽媽在京都山上的木屋咖啡館，喝茶，看夕陽。

5.足湯咖啡館

那時我們還住在三合院，我還沒上小學。有個夜晚，不知為何家裡只剩下媽媽和我兩個人。她幫我洗好澡穿好衣服，說換她要去洗澡了，要我乖乖在客廳看書。我說我一個人在外面會害怕，吵著跟她一起進浴室。她拗不過我，帶我進去了，給我一張小板凳放在洗衣機旁邊，說：「乖乖坐在這裡不要動哦。」

接著，她把燈關了。因為不想讓我看見她的身體。

在黑暗中，我聽著母親脫衣、淋浴、擦身體、穿衣。因為怕黑，我的手一直抓著蓋洗衣機那塊布，那觸覺我到現在都還記得。

到了京都北部大原，重頭戲是泡溫泉。我是女湯控，看到溫泉卻沒下去泡會一整天臭臉，何況是，在一片殘雪中的露天風呂耶。但母親不肯。我先曉之以義：旅行本來就是要互相體諒啊，你看我不喜歡逛街，前兩天不都陪你逛百貨公司和地下街，所以現在換你陪我泡湯嘛。（天啊我好怕她會用八點檔句型，回說：體諒？那三十幾年你們誰體諒過我？）她有點不太好意思地說：「要跟一堆不認識的人一起哦？」我說反正大家都是女生嘛，還不都一樣，而且就是不認識才不用不好意思啊。

啊，不對，她認識我。我抓到那個點了。

我俏皮地說：「原來你是怕我看喔！」母親沒說話，我自以為幽默：「有什麼好怕！我還不是從那裡出來的?!」糟糕，母親的臉更嚴肅了。我竟然說了一個不好笑的黃色冷笑話。

我吸吸嘴，「好吧，泡澡不行，泡腳可以吧。」我們結束在浴場前的對峙，往另一側足湯咖啡館前進。如果可以的話，我真想在女湯門口放張板凳，對母親說：「那你乖乖坐在這裡不要動哦。」

6. 三千院

我知道日本侵華，殖民台灣，也聽過留學日本的長輩說日本人骨子裡是如何瞧不起台灣人，但我還是很愛去日本旅遊。可能因為我是被極哈日的皇民我阿公帶大的，也可能，如一位通靈的朋友說的，因為你是從那裡來的啦！什麼意思？前世是日本人啦。喔，好吧。

其實我想有另外一個原因。第一次去日本，正是父親走後一個月。東京到京都再回東京，十多天，一人獨旅，那安靜卻讓我好安心。此後七年，我總覺得不管發生什麼事，都可以到那裡去。要自閉也好，療傷也好，犒賞也好，或者，如這次的盡孝心。

這次行程排了京都北部大原三千院，只是為了看雪，結果連日溫暖，雪融得差不多，但母親和我還是玩了起來，堆不成雪人，用戴著手套的手刨地上薄薄的雪，捏成雪人小丸子。我們又趴在苔地上，學著小地藏石雕的姿勢拍照。

這晚，我夢見我又回到三千院，雙手秉護摩木，在和式禪堂跪坐，忽有人從背後遞東西，我接過，是一串丹波屋烤麻糬（第一天媽媽和我才買了一串在白川巽橋邊走邊吃），那人轉身就走，我從背影認出他來，叫：把拔！

爸轉過頭來，嘴角微上揚，眼神溫愛。接著他像日本漫畫的鬼魂一樣，從腳開始慢慢變成一縷煙，慢慢消失。我醒了，好想縱情大哭，但麻煩的是，恁某就睏底我旁邊啊把拔。為了止住淚水，我深呼吸，用以前和爸說話的哥兒們語氣：吼，原來你躲在這裡喔。

而我知道，他是來告訴我：謝謝你帶媽媽出來玩。

一個女人開車，在路上

1.99秒

二○一二年一月，整個月，台北市的日照總時數只有十七小時，我整個人了無生氣。而這一切，好像都是從那個傍晚的紅綠燈開始的。

星座專家說天秤座只是個比較有禮貌的牡羊座，我領悟太深了，從容優雅的表象底下，有隻沒耐性的羊隨時準備要衝。開車就是。

有位修車師傅說我開車很殺，我問怎麼說？他說就是踩油門都沒在怕的，我說踩油門又不是踩大便，有什麼好怕的？他一副被驚嚇樣，說：你說話也很殺耶。是，我開車時就是很殺的牡羊座。如果黃燈，而前面那輛車乖乖停了，我會自言自語喔幹或雪特。

但現在這個紅燈，在我前面還有好多好多車，再衝再殺也只能深呼吸，伸懶腰，把音樂音量開大，開始倒數，反正燈號倒數設計不就只有兩位數嗎？最多也就99秒。5、4、3、2，右腳輕輕放掉煞車，不！雪特！那紅燈，竟然又從99秒開始數起，時間跳針了！我以為是我掉入什麼無限迴圈的懲罰，但不只是我，一輛一輛摩托車正不斷往前鑽動，車子大聲鳴著喇叭，與我們垂直的那條路車行順暢得像在招搖。我想，如果有兩個男的同時在追個女的，一個在綠燈那邊，一個在紅燈這邊，會不會這99秒，就扭轉了一個女人的一生。

而在這99秒後，我感覺整個冬天灰沉陰鬱，像是所有的事情都被耽擱延誤與錯過，像是不停踩到大便。也許那時不應該罵髒話的。

2.那一個晚上

那一個晚上，開車回家，出了隧道，一切都不太對勁。

路燈沒亮是節能減碳嗎？不對，紅綠燈也沒亮。滑下交流道，休息區與加油站整個都是暗的，兩家便利商店也漆黑一片，伴隨斜風細雨。7-ELEVEN店員小弟在門口抽菸，停下搖下車窗問發生什麼事，小弟抖著身體說停電了，好像電線燒掉了。停多久了？小弟用打火機擦出一道火光，看錶：「應該有半小時以上了。」

開車上山，家的方向冒著懾人的紅光與煙霧。我想，啊，來了嗎？像電影《鬥陣俱樂部》那樣，人生重新開始。等我回到家，樓下會停滿消防車與警車，鄰居會捧著兩隻貓咪遞給我，說：「什麼都沒了，劉小姐，要保重。」IKEA家具、整面牆的書、廚房櫃子裡的各國香料，都灰飛煙滅。

最後一個拐彎，沒有，什麼都沒發生。大樓仍舊安然矗立，只是百戶人家一盞燈都沒亮。那猶如火災的幻影，不過是高速公路車流的尾燈與濺起的雨霧。把車停下，坐在車裡，關掉音樂，若把車燈關了，我也就和這墨黑色的山村與大樓融成一片黑了。有幾輛台電工程車陸續上山，就算搶修，也不會馬上復電吧。要就著手機螢幕的光線，爬樓梯上樓，直接進被窩嗎？還是乾脆找個地方泡溫泉算了；或者南下，一直開到路面乾燥、空氣溫暖的地方？

掉頭，下山，拿起手機，打給我哥：「喂，我要去住你家。」於是，以為我時時渴望人生重新開始，差一點就要實現的夜晚，我與我吃完尾牙一直撫著大肚的哥哥，看著吳宗憲的「你猜你猜你猜猜猜」。

3.深河修車廠

我開車很殺，但我對車子就好像我對坦克大砲一樣，沒興趣也沒感情。既然要朝夕相處，只求它不要找我麻煩。第一輛車是一輛十多年的二手車，這兒小傷那兒小病在所難免。在路上，遇過爆胎，遇過擦撞，遇過電池沒電，但都在台北範圍內，一律打電話給我的道路救援：我哥。我唯一要付出的就是請他吃飯，因此我對車子永遠一竅不通，卻愈來愈會找餐廳。

有次自己開車南下返鄉，出了台北，引擎溫度的指針一直往那大紅色的H飆過去，這是除了油箱之外，我唯一看得懂的火星文。關掉空調，打閃燈開到路肩，降低車速，指針一陣忽高忽低之後，前方引擎發出嘶嘶響，感覺就要著火冒煙了。我邊唸著阿彌陀佛，邊開下了最近的交流道。

典型的交流道周圍，荒敗蒼涼，只有加油站、便利商店和修車廠。交流道旁的修車廠，就跟合歡山的茶葉蛋一樣，你需要它比它需要你多，可是沒辦法了，我只想花錢消災，繼續上路。老闆檢查過後，說水箱要換，我請他報價，又到旁邊打電話給我哥，問這樣有沒有被坑？我哥說還好。那就換了。

不過，現在要做的第一件事，叫做「等水箱」。老闆說店裡沒貨，要請廠商送過來，大概要半小時，換也還要半小時，「小姐你要不要去裡面看電視？」我說不用，從車上拿下這次帶在身邊的書，已讀了半本的遠藤周作的《深河》，坐在從廢棄車上拔下來權充等候區的汽車座椅上，開始看起來。

一開始，我只是像在飛機或高鐵上耍自閉一樣，捧著書讓自己隱形，希望旁邊的人當作我不存在，不要跟我聊天。但漸漸，我忘記車子拋錨的衰小，忘記身處陌生荒涼的高速公路邊，跟著小說裡那一行人去了印度恆河。他們每個人懷著祕密、罪惡、羞恥、創傷，到恆河尋找洗滌與救贖。我看到許多氣若遊絲的印度流浪漢與棄婦一步一步緩慢拖跛到恆河邊，只為能夠死在這裡，有些人還沒走到就如破布一樣倒在路邊。從日本來的神父大津，不顧教會的斥責，換上印度出家人薩杜的服裝（亦是幾條破布），一個一個地，如模仿耶穌背十字架般，把這些裹著腐爛臭味的屍體背到恆河的火葬場。只因為，他相信如果耶穌來到這裡，也會這麼做。

「小姐已經好了哦！」老闆叫我。我差點要像小時候每次看書看到一半被爸爸催促要出門那樣地撒嬌耍賴，唉唷等一下等人家這邊看完啦。我抬起頭，手指還夾在最後幾頁沒看完的地方，發現自己一臉眼淚鼻涕。我遲緩地回神，為化解尷尬趕快低頭找錢包，問：「多、多少錢？」

忽然，眼前出現兩張抽取式衛生紙。不，嚴格來說是一張，一張包著另一張。老闆怕他自己手上沾滿髒污油垢，所以先抽了一張，再抓著第一張衛生紙去抽第二張，沒說一句話，遞給我。我看著衛生紙，接過說謝謝，因為實在太不好意思，我沒再抬頭，直接遞上錢。老闆接過鈔票，用留在他手上的那張衛生紙擦著手，走向櫃台找錢。

老闆長什麼樣子，穿什麼衣服，我完全沒印象，可能我沒仔細看，也可能他長得就是一般修車廠老闆樣子。後來我又重看了《深河》許多次，每當看到恆河邊背屍體這段，就會想起那座偌大荒敗、到處堆著車殼零件、地上滿布油污灰塵的修車廠裡，曾經飄著一張透亮潔白的衛生紙。

4.帶狗男人

台北的停車場堪稱世界驚奇。有車子搭電梯者，又叫停車塔，完全電腦控制，門一關，不知道車子被懸吊到什麼次元，總之取車時，看著秒燈倒數到零，門一打開，就會看見它，還已經轉向，車頭朝外。有駕駛與車子一起進電梯者，搭到某樓層，再把車子停到停車格。每當坐在車裡，被這部巨大的電梯包圍著，緩緩上升或下降，我都以為置身科幻電影場景。

但還有一種，我一次就嚇到了，發誓不再停。駕駛與車子一起進電梯，出到某樓層後，面對的還是三層三進的機械式車位，無真人引導，但也不是電腦操控，而是管理員在一樓看著監視器畫面，用對講機擴音，廣播著請按哪個鈕，請停到某號車位。遲疑了，停錯格了，廣播聲便氣急敗壞：「小姐不是！再停進去！是裡面那一格！靠左邊一點！」我一整個誤入賊船，馬的考駕照都沒這麼難。這不叫停車場，是磨練心性的道場哪。我不夠心平氣和，只覺得被一堆鐵柱鐵板升降機與警鈴警示燈廣播聲包夾逼迫擠壓，煩躁到頂點。停車過關，取車時，太急著把車開進電梯，撞了柱子。人沒事，車頗慘。（開出來時我還對那坐在收費亭裡一手抓著麥克風一手收錢的管理員，恰北北地撂了一句：「我要找市議員舉發你們！」）車子撞柱子，自己吃自己，保險無從理賠，只能喟嘆，進廠是人生的一部分。

帶狗男人的停車場不屬於以上任何一種，但也屬於有部分愛車心切的車主會發誓「我絕不會把車停進那種停車場！」的那種。那是大樓的防空避難室，必須開下一個很陡的斜坡，這不打緊，讓車主心懷疑慮的，是必須把鑰匙留在車上。因為窄仄的地下室怎麼看都沒有迴車空間，管理員必須把這些車當作俄羅斯方塊，東移西喬，有時候有的車還要開上馬路去兜個一圈，好讓裡面的車出來。

我一開始也怕。這男人叼菸吃檳榔，不需移車時就和朋友打著撲克牌，他的雪納瑞小狗乖乖趴在旁邊。但一來它比周圍其他停車場低廉，二來離瑜伽教室很近。我貪便宜又貪方便，停了幾次，沒出過問題。我總嫻熟地把車開下斜坡，無需熄火，開門接過停車單就走，帶狗男人來接手。他讓我最自在的地方是，就算已經認得彼此，他不會裝熟攀談，不會問我怎麼都不用上班？一週來東區兩三次每次停留兩三小時是在做什麼？連狗也淡定得很，不亂吠，也不搖尾巴。

但終於，狀況來了。不是狗，也不是男人。是我。某次我去取車時，神經大條的我，忘記帶錢包了。停車費九十元，但我翻遍包包也湊不出來。天啊，就算要把車押在這裡搭捷運回家，我也還要跟他借錢。我看了錶，已經晚上十點多，我勉為其難地說：「不然我請我哥哥送錢來好了。」帶狗男人說：「沒關係，下次再一起給吧！」不用留名字電話，也沒押下任何有值物品，他讓我把車開回家了。

當然，我隔幾天就很守信用地把錢送回。後來，有時停車場入口已放了「滿」字牌子，他從鏡子看到是我的車，會跑上來，硬喬個車位給我。夏天時，他和小狗待不住燠熱的地下室，就蹲在路邊陰影乘涼，看到我車子來，他會直接幫我開下去。我有時不覺得他是服務周到待客如親，而是我們已經是朋友了。雖然我們互相連姓氏都不知道。他叫我小姐，我叫他老闆。

我一直以為我是自閉到沒救，寧面對機器也不要與人打交道的。但經歷過機關重重有如驚悚末日的全自動停車場，我開始知道，這世界不是科技冰冷與人情溫暖這樣的二分法。而是，一個人在路上，有朋友很重要。

5. 根輪之夢

在瑜伽的脈輪說法裡，根輪是身體最底層、最根本的脈輪，位置在髖關節處。它對應著安全感與存在感，能量平衡時，安住穩定，根植大地，雙腳與大地之母連結，

對自我存在信任而確定。而能量不足時，無法確定自己的存在，陷入很深的恐懼和恐慌，空虛迷惘度日，對於生存環境的一切，只想打鬥或逃跑。

有個晚上的瑜伽課，老師帶領我們用輔助繩，扎扎實實地做了髖關節的喚醒與伸展。那晚，我做了個打鬥與逃跑的夢。

夢的一開始，像是一場家鄉的節慶園遊會，廣場上飄著氣球，但我不知為何在對母親發飆，不管周圍親戚好言勸說，母女倆互相咆哮，叫著什麼我全忘了。母親最後示弱，給我一杯插著俗豔桃紅色吸管的珍珠奶茶，我沒理她，繼續奔跑到國中時的教室，與當時最要好的女同學爭吵，吵了好久，像是我求著她什麼，但她不領情。我氣呼呼地跑走，到了大學校園，與初戀男友拉拉扯扯，我掙脫他，想著：我不要跟你們玩了，我要去開車。

來到一座大樓地下室停車場，翻開錢包，一塊錢都沒有。我又沿著水泥斜坡走上來，四處找提款機。這棟巨大建築物的騎樓，每一家店面都是冷清的葬儀社，外頭擺著花圈花籃棺材祭祀用品，白幡與冥紙零落飄搖，坐在外面摺紙蓮花的阿桑們面無血色，有幾家還懸掛著要閃不閃的陳舊聖誕燈。最後我領到錢的地方是一個教會（夠荒誕了吧），桌椅殘缺不全，提款機就在風琴旁邊。尖嘴猴腮貌的傳教士笑得陰險，跟我說如果要住宿樓上還有房間哦。

走回停車場，在繳費機投了錢，上了車。車子前方被一輛小麵包車擋住，我不知哪來的力氣，用力踩油門，把它頂到邊邊，撞凹了好幾輛車，我自己的車頭當然也歪七扭八。車燈玻璃的碎裂聲、汽車警報器的嗚伊嗚伊聲、遠方傳來的嘈雜人聲，全顧不了，我開著車猛衝，出了閘口，開上馬路。

我以為後面會有人或車追來，開了一段路，才發現，沒有。這路上只有我一輛車，一個人。我回頭看，四周靜寂，路仍在前方無盡延伸。

這確確實實是個噩夢。但醒來後，我卻感到大汗淋漓後的無比舒坦。這就是我所謂的生存狀態嗎？恐慌、空虛、迷惘而孤獨？我沒有答案。

我只知道，如果從今而後，仍是一個人開著車在路上，那我就繼續把音樂聲開大。

伊豆，無限的良善

1.海鮮

突然就對海鮮不過敏了。在過了三十歲之後。

記憶中的第一次過敏，是還沒上小學前，跟著大人們啃嗑一大盤台中港買回來的炒香蟹，當晚臉部七孔發癢，嘴唇鼻翼到耳後，全冒出如釋迦表皮般的硬腫塊，大人說：啊，是「起清納」啦，我到現在還是不知道清納兩字是台語還是日語還是外來語，但「起」這動詞真好，有起就有落，帶去鎮上診所打了支針，一下子，不癢也不腫了，隔日醒來，彷若無事。

從此我與海味絕緣，餐桌上像個嬌弱公主，不吃有殼海鮮，即使是魚，也不能太多刺，否則在唇齒間抿啊抿，嘴唇又腫了。有一陣子，母親聽人說，說不定是只對殼過敏唷，公主病加乘，只要我說，我想吃吃看蝦子，全桌從媽媽阿嬸到妹妹爭著：我幫你剝。但有時吃點蝦餃蟹丸，半夜照樣癢到起來找抗敏藥吃，一了百了，不吃了。

後來交了個男朋友，他父親年輕時是船員，母親極善烹魚，兄弟姊妹從小就會吃整隻螃蟹。對他而言，有頭有尾，有眼有鰓，才叫魚。而我怕魚鱗與魚刺，偶爾去他家下廚，煎、烤或蒸，一律用冷凍真空包鯛魚片，就算上傳統市場，買的仍是切片好的、幾乎無刺的鮭魚與鱈魚。

有次在捷運站碰面就吵架，他摩托車便不往原本的約會地點去了，直接到了他母親家。那代表著爭吵必須停止，眼淚必須擦乾，換上笑臉說伯母好。吃過飯看過電視，笑臉說再見，他載我去搭車，吵架就算結束了。之前每次都是這樣的。

但這次，進了門，已過吃飯時間，他母親不在。餐桌上有冷掉的半鍋飯與半盤煎白帶魚。他把魚鋪在飯上，加些水，在爐上加熱，添了一碗給我，不帶一點溫柔，說：快吃。水加多了，飯成了泡飯，筷子一撥，白帶魚的幼刺滲進飯裡。我像面對著一缸被衛生紙絮屑纏滿的濕衣服，而他已快速吃完一碗，又添了一碗。

他優雅從嘴唇間夾出魚刺，在桌上優雅堆成一座小山，我卻吐出一坨坨嚼過的混著魚肉與魚刺的白飯，啥都沒吃進去。我的眼淚又嘩啦啦了。他失去耐心，咆哮起來。被他一兇，我哭得更慘。

那是我吃過最委屈的一餐飯。後來我們分手了，不是為魚，而是因為他的暴躁脾氣與我的死樣子。要好久好久以後，我才會感謝他：即使我們吵架了，你都還幫我熱飯。

三十歲生日以後，彷彿被施了魔法，有天與家人聚餐時，照例跳過的蝦子，我竟然說：我今天想試試看。沒事。後來試了好多次，都順利過關。

我總開玩笑跟朋友說：大概是我欠蝦子的已經還完了，所以它又願意讓我吃它了。

我想，過敏就像身體裡有個地雷，不踩到就沒事。幾年前接觸身心靈領域，從瑜伽到芳療，都在說：身體是意識的反射。抗敏藥又叫抗組織胺藥，我想組織胺一定長得像性格裡彆扭又脆弱的稜稜角角。三十歲以後，也許有個對應到海鮮的稜角被磨掉了，於是開始享受吃蝦蟹的樂趣，儘管現在剝蝦殼像在拆炸彈，我仍開心並感謝：我卸除了這個地雷。

2.伊東小鎮

我是來到伊豆才知道一個人來很怪。伊東小鎮民藝店的老先生跳針似的問了三次：一個人？是啊。一個人啊？是啊。真的一個人？是啊。

伊豆半島三步一溫泉，行前在訂房網的地圖上，看著這座熱氣氤氳的半島，猶豫半天，最後決定了，一山一海，修善寺一夜，伊東一夜。如果是為了朝聖日本文學巨匠，那不就川端康成閉關寫《伊豆的舞孃》那間住下去就對了？很抱歉，那間不接受一人旅行呢。

伊豆是個想著省錢就會玩得不盡興的地方。也許有人要說，廢話，每個地方不都

一樣嗎？不，伊豆尤然。有位朋友的太太是日本人，他生活闊綽的岳家就曾說：「箱根是給大眾旅遊團去的，伊豆才是給願意花錢買寧靜的人。」我大部分走清儉背包客路線，沒住過高級料理溫泉旅館，但錢好像也沒有因此存下來，我想伊豆之行是讓我練習把錢用在刀口上的機會。

從伊東車站走出來時，第一個畫面就讓我嚇了一跳，這一定是個了不起的地方。站外一排黑西裝老紳士，銀白頭髮梳得油亮，各自拿著各家旅館的旗子，面帶微笑，從容寧靜，不帶一點拉客殷勤，等待客人認出他們。我與我訂的那家旅館相認之後，老紳士用無線電叫來接駁車，約五分鐘車程，抵達旅館。

接駁車司機、旅館的櫃台人員、餐廳領班，也全是訓練有素的老先生，其中一兩位說著不算流利但非常誠懇的英文。可以想像他們數十年的生活，早上上班前，到小鎮咖啡館喝杯咖啡看報紙，晚上下工後也許會找家放爵士樂的小酒吧喝點威士忌。就如房間的房型「和洋室」（一邊是西式彈簧床，一邊是供泡茶休憩的榻榻米）般，和洋融合。

會選擇這家旅館，是因為它有「海鮮滿喫」專案，而我想要來補足我過去三十年與帶殼海鮮之間的空缺。用餐的和式大廣間，像日本老電影中的宴會場，每位客人泡過溫泉，穿著浴衣，臉色紅潤等待大啖海鮮。桌上有單人爐火，一片烤網與一塊陶板。網子用來烤無限供應的鮮蝦、扇貝、海螺，陶板用來烤鮮嫩的竹筍與蘆筍。所有食材撒點海鹽，就可以到達美味的頂點。

以前我看日本美食節目時，都以為主持人的如癡如醉是裝的，現在才知道真有這麼一回事。而以前朋友們對我的海鮮過敏症發出巨大惋惜時，我都覺得你們太誇張了吧，不就不要吃而已嗎？我錯了，現在我才知道我失去了什麼。幸好，天可憐見，一切都還來得及。

而這時我也發現，我大概是這批遊客中最年輕的，其他皆是老先生老太太，但我卻一點也不尷尬或突兀。這些老人家好像也把我當他們的孫女一樣，帶著點詫異和心疼，問：你一個人？好像恨不得塞點麻糬或仙貝到我口袋。

大概是，我是爺爺奶奶帶大的，和老人相處向來自在，而來到伊豆這個充滿熟齡

優雅與銀髮慈愛的地方，感覺尤其強烈。也許我也讓這些日本阿公阿嬤想起了他們那位去東京讀書工作後就很少回家，不知道有沒有吃好睡好的孫女。說得直接一點，來到伊豆好像回家。這也讓我看見，原來，在我心靈裡稱之為家的那個地方，是個受長輩寵愛的所在。

隔天，伊東下起大雨，我沒往海邊走。只留在鎮裡走逛，小鎮商店街上，雖掛著一些電影海報，但沒什麼觀光氛圍，漁貨蔬果行、咖啡店、洋食館都像是為了供應當地居民生活必需，有些民藝行與二手店，頗可尋寶。

在公園裡的公共泡腳池，一群阿嬤像是去登山回來，其中有位超級熱情，招呼著我到她們之中坐下，說那兒水比較熱。她和我閒話家常，我只能用很破的日文嗨嗨嗨。她們要先走了，這位阿嬤問我有沒有帶毛巾？沒有的話她的可以送給我。我趕忙點頭說阿里阿豆。阿嬤一邊穿鞋，一邊跟同伴們說，一個女孩啊，不簡單啊。我只能一直點頭傻笑。她站起身，好像想跟我多說些什麼，但又不知道怎麼用最簡單的日文讓我瞭解，很可愛地手握拳頭，說：「甘八爹唷！」我看著池裡泡到通紅的腳丫，感覺眼睛漸漸熱了起來。

從伊豆回來後，我上了第一次的靈氣體驗課，最後的能量圈觀想時，老師說靈氣非常精細，可以穿透時間空間，所以要時時保持善念。

我突然想到，我三十年的海鮮過敏症會在一夕之間完全消失，莫非是伊豆或智利或北海道某個小漁村的哪位陌生蝦農，偶然被裝神弄鬼的女兒帶去靈氣體驗，最後老師要大家觀想時，這位阿伯就發了個「願天下所有對蝦過敏者都痊癒」的願，然後遠方的我就接收到了？

這不是無厘頭或故弄玄虛。我要說的是，每個發生在自己身上的幸運，可能是無數個認識或不認識，看得見或看不見的良善與真誠交會而成。對於此，除了無限的感激之外，還要以無限的良善與真誠回報給這世界。

劇場通りに灯がともりゃ
聞こえてきます踊り子の
あの日の別れのすすり泣き
ひばりちゃ〜ん!
松竹映画
伊豆の踊子
空ひばり
浜 朗
監督 野村芳太郎
ふれあい通り
食楽街

烏布，歌唱與原諒

1.清理

所以到底是什麼呢？

明明是來瑜伽假期的，我卻在峇里島烏布廉價民宿的陽春廁所裡幾乎待了一整夜。頭暈目眩，冒汗發抖，坐在馬桶上腹瀉至腸子裡一滴水都沒了，擦淨沖水起身，又倏地俯身朝下，消化系統上半段如抽水馬達般，嘔出不知是上輩子吃的哪一餐。如此上下交替，一整個很忙。

到底是什麼？是前一天到達時喜孜孜地到養生咖啡館點的那一杯煥然一新優酪乳嗎？是在豔陽下騎了一天腳踏車中暑了嗎？是晚餐那一杯有機啤酒把我撂倒了嗎？還

是昨晚的西藏頌缽冥想，那嗡嗚的磁波已經進入我身體開始能量振動？還是晚上去看民俗火舞表演，赤足踏火的乩童最後退乩時正巧倒在我面前，神職人員口含米酒往他身上噴時，我穿夾腳拖的腳丫也有被噴到幾滴，是我阿嬤說的，去煞到嗎？

隔天上瑜伽課時，我把這一夜瀕死邊緣的折騰告訴來進修的德國瑜伽老師，她發出羨慕的讚嘆：「很棒啊！這是在清理！」我想，那豈止宿便，宿怨宿業也一起隨流水去了。她約我下課再去喝優酪乳，我說一次就怕了，「我來烏布，不是要來把時間都花在馬桶上的。」我們大笑了幾聲，她說：「只要笑得出來，就沒什麼好怕的了。」

然後我想起昨晚癱軟在床上，眼冒金星時，第一個念頭竟然是：好希望現在可以量個體重哦。的確，我沒什麼好怕的了。

2.原諒

你都忘記了嗎？

農曆除夕夜，你在烏布四周是稻田的瑜伽教室，燭火圍繞著女歌手，她一把吉他，一副清亮嗓音，伴隨著自然的蛙鳴蟲叫，來自世界各地的靈性追尋者跟著吟唱。當她領唱著「peace to all, joy to all, love to all」時，你和旁邊的義大利大媽哭得唏哩花啦之後還抱著對方的肩膀，繼續隨音樂搖擺，那時你真的知道什麼叫做和平，什麼叫做把愛送出去。

離開教室時，幾位同學約你去有機咖啡館喝東西聊天，你一邊走著，一邊帶著滿滿的能量，想著：我真的都已經好了。其中一位同學的男伴是個傲慢的西方人，自以為待過幾年中國，知道你是台灣來的，一直挑釁說著兩岸議題。你沒答腔，手裡拿著香茅葉長柄，在熱薑汁蜂蜜檸檬茶裡劃圈圈，心裡想著：隨你說去，反正我都已經好了。什麼都傷不了我。

你的思緒根本越過了眼前在分析政治還是討論按摩的眾人，你計畫著，明天就要去買一盒峇里島最著名的麝香貓咖啡豆Kopi Luwak，回到台灣就寄給他，附上紙條，寫著：嘿，我原諒你了。

你真的買了。但回台灣之後，那一夜美好神力彷彿失效，你每天看著那一盒咖啡豆，搖搖頭，沒辦法，我做不到。一個月後，你去了一趟京都，回來，再把咖啡豆拿出來，包裝好，寫好地址，寫到他名字時，你知道不行，把信封揉一揉丟進垃圾桶，咖啡豆收進抽屜裡。接著去了雲南，又去了東京，每次回來就再把咖啡豆拿出來，看了看，又放回去，你知道你心裡根本就拒絕原諒，你不想再當那個搖尾巴討好的小可憐。

有次朋友聚會，說要來個交換咖啡豆計畫，你脫口而出說啊我有好高級的Kopi-Luwak呢。沒有遲疑與心疼，回到家就拆了那擺了好幾個月的真空包，分裝成小袋給朋友們。好像終於拋掉了棘手的重擔，突然無比輕鬆。

在這之後，有天瑜伽課大休息時，老師放了一首以前在課堂上沒放過的音樂。但你聽到前奏幾個吉他的單音就知道了，正是那一首，在烏布讓你覺得全身都得到祝福，可以與這世界所有事情都和解的那一首歌。Daphne Tse的〈Magnificence〉。你躺下，眼淚不可遏地流下來。

在淚水中，你再次問自己：你都忘記了嗎？你說好的原諒？你真的都已經好了嗎？終於，在音樂聲停止之前，有個抽抽噎噎的聲音從心底傳出來：他又沒有錯，我要原諒什麼？

你知道你要原諒的，其實是你自己，那個一直在跟鬼打架的自己。心裡那個魔鬼一直覺得人家做錯什麼對不起你，其實所有的厭惡憎恨，都是自己產生出來的。

你主動打了一通電話給他，非常簡短。你聽得出來，那之中已經什麼都沒有。沒有愛，沒有眷戀，沒有恨，沒有憎惡。你只把他當成all，世間萬物之一。當你再次唱著「peace to all, joy to all, love to all」時，是給所有人，其中包含他。

3.那一家人

那個女孩叫阿玉。Ayu。就跟台灣的阿玉一樣，是個菜市場名，不過，在印度文裡，是「生命」的意思。

阿玉十一歲，綁著兩條辮子，是他們家的對外發言單位，因為只有她的英文講得好。其他還有爸爸媽媽哥哥與兩條狗。爸爸出門買貨去，媽媽坐在涼台上做著家庭手工，哥哥現在蹲在地上，拿著菜刀，剖著一顆椰子，那是我剛剛點的，可愛的小阿玉拿著吸管在旁邊等著。

這一家人，是我在烏布田野中遇到的。反璞歸真成了世界潮流，所有旅客來到烏布，除了在大街上走逛購物和按摩之外，也興起了田野路線，名為稻田散步。我這天跟民宿小弟借了腳踏車，一路從公路、山中小徑、田邊步道，騎到田埂。途中總有當

地大哥騎著摩托車從前方過來，我們有默契地會車，他們告訴我：「前面路很小，不好騎！」我想啊你都還騎摩托車咧，我怕什麼？

沿途有許多有機餐廳和咖啡館，標榜著從產地到餐桌，現採現做。我也想找家舒適小店停下休息，卻不知不覺愈騎愈遠。突然，阿玉家的小涼亭，出現在路邊，阿玉爸爸正騎著摩托車要出門，招呼我：喝點東西吧！

有著一雙漂亮大眼睛的阿玉，跟我介紹他們有咖啡、可樂、礦泉水、椰子汁。這個小店就像個台灣路邊的檳榔攤，只不過它的造型很「天然有機」，比較像田裡的草寮，旁邊有著自己釘的方桌和長板凳，樹上掛著輪胎做成的鞦韆。

我喝著椰子汁，繼續和阿玉聊天，她問我從哪裡來？幾歲？住哪裡？做什麼工作？像是對外面的世界充滿好奇。我一一回答，也反問她：你要走多遠上學？有沒有喜歡的男生？放假時去哪裡玩？

接著，一對西方老夫婦走過來，他們像是很享受這反璞歸真稻田散步，兩個人都滿身大汗。我真的感受到了阿玉一家的璞與真，幫忙招呼他們：「坐一下吧，這兒很舒服！」他們或被這異國風情吸引了，或真的走累了，停了下來。但老太太顯然精明得多，問：「一瓶水多少錢？」阿玉的媽媽說了，比大街上的便利商店是貴了點，但絕對不會比這對夫婦的國家貴。老太太尖銳地叫了一長聲「哇嗚歐」，那只是在靠腰，她口渴難耐，還是買了。

然而，她拿了一張破爛到幾乎不可辨識的鈔票要給阿玉媽媽，這位原本慈眉善目的印尼傳統婦女好像也感覺到了羞辱，眉頭一皺，搖著手跟老太太說no, no, no。阿玉跑過去幫媽媽，勇敢卻小聲地說著：「太舊了。」西方老太婆喊著：「這也是錢啊，也是你們國家的人找給我的呀，為什麼他可以找給我我不能拿來付？」阿玉媽媽無可反駁，收了下來。老先生顯然在家裡沒什麼地位，一聲不吭。老太太轉頭看我，像徵召同盟地，揮著手搧風，從鼻腔出氣，說：「可真有趣啊！」我別過頭，沒理她，表示我跟你不同國。阿玉的媽媽繼續碎碎叨叨，用印尼話跟兒子女兒抱怨著什麼。

我無法挺身而出為這一家人說什麼，但我也不齒與這粗暴的西方人同桌乘涼，在他們入座前，我快速喝完椰子水，抓著背包付了錢（也是貴了一點，但絕對可以接受）。

我推著腳踏車離去時，阿玉的眼睛裡仍有驚惶，我努力給她一個大微笑，她終於慢慢地把嘴角往上揚。我想告訴她，小阿玉啊，請原諒我無法多做什麼，因為前幾天我跟民宿老闆，也因為他比原本講好的價錢多收我二十塊美金而吵架。我噘著嘴付了，因為我相信能用錢解決的事，都還相對單純，我不想因為這件事而不快樂。但願有天你會原諒這位老太婆。外面的世界有時很殘酷，但你不用怕，因為你生長在一個這麼單純原始而真實的地方，如果你長大後在外面受傷了，都不要忘記這片田野給你的力量。

巴黎，我太老了嗎？

1.只給年輕人

海明威說，如果你夠幸運，在年輕時待過巴黎，那麼巴黎將會永遠跟著你。因為巴黎是一場流動的盛宴。

這句話大概每個喜歡海明威、去過巴黎，或是因為喜歡海明威而去巴黎的旅行者，都琅琅上口，畫線再畫線。而，真正要踏上巴黎時，我發現我有點心虛，因為這經典句裡，有兩個曖昧而定義不清的字：年輕。

海明威是二十二、三歲時來巴黎短居的，當我連著好幾天循海明威的路線，攜長棍麵包與小瓶裝廉價紅酒到盧森堡公園午餐，到花神與雙叟兩大明星咖啡館對面的力

普（Lipp）餐廳喝杯啤酒，到他曾與友人相約而我消費不起的凡登廣場麗池飯店門廳瞻仰一番，我跟台灣留學生分租的房間，雖不至他當年租屋那般寒磣，但是與他一樣沒有浴缸也沒有客房服務，我也學他寫完稿子犒賞自己的方法：點一打生蠔佐一杯白葡萄酒。

然而，我的心底都有個小小的聲音在敲打著：過了三十歲才來巴黎，太老了嗎我？

終於，在巴黎的第五個傍晚，巴士底歌劇院的票務員幫我回答了這項疑惑。那天是華格納歌劇「諸神的黃昏」該季首演，網路與實體窗口所有票券早已售罄，但房東告訴我，可以在開演前去碰碰運氣，有些便宜的保留座，也或許有人臨時退票。到了售票處時，果然已大排長龍，且大部分看來是（我自認為）跟我一樣的貧

窮「年輕」人，我們一樣穿著牛仔褲帆布鞋，背雙肩背包，累了就席地而坐，拿出包裡的小說或詩集，餓了就啃麵包。

正當我自在投入這小小的無產嬉皮營時，一位穿西裝掛著員工識別證的男士朝我走過來，告訴我：「所有的票都賣完了，您不用排隊了。」我愕然：「那這些人在排什麼呢？」

他比了一下我周圍的「年輕人」，再指了一下另一排隊長龍的銀髮人士，說：「剩下的票只開放給老人和年輕人購買，而你不老也不年輕。」法國腔英文俐落地斷在「not young」，我彷彿中箭。他斬釘截鐵的語氣，讓我不好意思再厚臉皮聳起肩膀尖聲問：「Why me?!」這邊排了這麼多人為什麼是我？我不想聽實話。

但，我並沒有倒下。這句話啟動了我身體裡的「young激素」，我跑到劇院外，不厭其煩且意志堅強地跟那些兜售黃牛票的人交戰斡旋。終於，在劇院關門前一分鐘，我以十五歐元買到了視野極佳的位置。當我奔跑入座，志得意滿地坐在位置上喘大氣時，才想到，不對，也許剛剛賣票的人當我是個討價還價的買菜主婦哩。

2.電影場景

巴黎第一天，更加確定一件事：我是太陽能充電的。

從火車站北站出來，搭車到伏爾泰站的留學生分租民宿，已是下午六點許。那是我在台灣最害怕的時刻，傍晚，天要暗不暗，交通尖峰，上班族們匆忙歸巢，我很容易在這氛圍中焦躁又悽惶。後來，我會把自己扔到瑜伽教室或電影院裡面去，出來，已是動亂過後，平靜的夜。

而夏天的巴黎沒有傍晚。下午六點，天色仍大亮，十點，夜色罩上來，也該回家沐浴準備就寢。於是，第一天，我像害怕見不到明天太陽般的，從巴士底歌劇院往塞納河邊走，不知不覺走過路易島與西堤島，走了四小時沒停。

走到新橋時，忽有一隻小蟲子飛進眼睛，淚流不止，刺痛難耐。我想起《新橋戀人》裡因眼疾而自我放逐的茱麗葉．畢諾許，住在橋簷，結識了流浪漢戀人。而今新橋並沒有亡命鴛鴦，只有一對對牽手、擁抱、親吻、交纏的情侶。我懷疑我的眼睛可能是被這些甜蜜的閃光刺傷的。跳上遊船，期待在夏夜晚風中得到撫慰。

另一個讓我心碎的故事是《巴黎最後探戈》，孤獨又哀傷的性愛，從開場馬龍．白蘭度在畢哈肯橋發出恐慌的吼叫開始。這條橋，我也去了，跨越兩岸，上面是電車軌道，左岸是巴黎鐵塔，右岸是帕西高地。一九七〇年代貝托魯奇在畢哈肯橋上奏出的探戈，到了二十一世紀，成了《全面啟動》（*Inception*）裡造夢者的習作場景，鐵橋變成無止境延伸的鏡像，連結夢境與現實。

輕鬆一點，上蒙馬特高地吧。精靈古怪的愛蜜莉打工的咖啡館，果然已成為觀光客爭相造訪的景點，但我更喜歡斜坡街道上，那一家家肉鋪、花店、雜貨店、水果店，路上街頭藝人不論手風琴或電子琴，全都奏著楊．提爾森為愛蜜莉打造的旋律。

繼續走到蒙馬特墓園，找到楚浮的墓。黑色的岩面，低調鏤著名字與生卒年，上面影迷以小石頭押著明信片。而墓前，一位東方面孔的黃衣女子靜靜坐著，似是來跟楚浮傾訴些什麼。直至我走遠回頭，都還能看見那樹影交錯下的黃色身影。

3. 橋下

那些年，我就在橋上來來去去。

我在左岸租屋而居，在右岸打工上學。過橋，成了儀式。最早是騎機車，總記得夏天大雨滂沱的早晨，穿戴好雨衣，與一大票機車挨挨擠擠穿過狹窄的上橋便道，便是寬闊的大橋大河，橋上白茫茫一片。下橋，預備進入光鮮亮麗的右岸市區，停紅燈時，會看見一兩女子跟我一樣，快速從機車置物箱中拿出像樣的鞋，將腳上那雙泡水十元拖鞋換下。

後來改成搭公車或走路，從橋面看過去，還可以看到數座橋橫跨其上，在兩岸擁擠的建築與車流中，彷彿只有橋上時光，是那麼與世隔絕。

在巴黎的最後一天，我竟想挑戰，可以走過幾條橋。那時我在最東邊，十二區的柏西公園裡，沿塞納河右岸走，走過柏西、里昂、到連結聖路易島的蘇利橋，一共六座。有時在橋上走，有時下到橋底，沿著河走。

巴黎橋底，首先撲鼻而來的是尿騷味，石板路上一攤攤污穢尿漬與嘔吐物痕跡，接著是漫天蒼蠅與小蚊，再往前，可以清楚看見橋底一塚一塚的廢棄彈簧床墊與流浪漢家私。主人卻大多不在，若在，也醉倒了。閉氣走過，待味道散盡，眼前出現結滿彩球與緞帶的渡輪餐廳，從船上到岸上，撒滿花瓣，四周停滿敞篷名車，新娘著潔白婚紗沐浴在金色陽光中，賓客舉杯慶賀。當然，他們也不會理會觀光客把他們當風景看。

那時我知道我為什麼喜歡橋了。橋既連接，也過渡。一旦過渡，這一切，便與我無關了。

美國電影公路之旅

1. 開場：提華納

一走進酒吧就遇見了個義大利凱子。

這天，是二〇一〇年的最後一天。早上從洛杉磯出發，沿五號公路往南行，經過拉荷亞（La jolla）、聖地牙哥，穿過美墨邊境，來到提華納。所謂邊境，不過是高速公路盡頭有座收費站般的出入境匣口。電影裡挾帶毒品或殺人棄屍的美國人來到這兒不都有如生死關頭嗎？但其實過關快速而容易，好似由香港進入深圳，還不消更換車道方向。科技時代的公路旅行，得從兩項儀器方知道進入另一個國度，一是僅灌了美國地圖的GPS導航器，顯示偵測範圍已到達盡頭；二是開通漫遊功能的手機，不斷發

來簡訊：歡迎來到墨西哥。

提華納最熱鬧的大街，名叫革命路，街邊搭起棚子，賣淋了豆泥與起司的玉米餅、押注賭博遊戲、小型的旋轉木馬。Mariachi樂聲繚繞，自助旅行多年我拿捏得最好的，就是與這類街頭藝人的距離，融入它帶來的歡愉氛圍，但又不讓他催逼著我投錢。沒辦法，人在江湖，你有壓力我也有壓力。

酒吧就在革命路上，沒有招牌。老闆叫盧卡斯，侍者叫卡洛斯，義大利凱子已醉到迷茫，問他名字他就開始說他在蒙特利半島開酒窖，今天剛交上一個女朋友即這酒吧的會計小姐，女朋友說今天是她生日，他便開了一瓶最好的龍舌蘭，請全酒吧的人喝（所以叫凱子）。但全酒吧的客人，不過他本人一人，及剛剛走進來的我們兩人。

在手背上撒點鹽，舔在舌上，一口飲盡龍舌蘭，再咬下檸檬角，灼辣與舒爽，同時沁入口腔，直達胃壁，從五臟六腑裡再傳送上來的熱度，讓整個人都溫暖起來，帶著一點點暈眩與搖晃，彷彿泡在熱水澡中。

凱子酒品倒好，癱在吧檯上一會兒就揮揮手離去。我們問他去哪？能開車嗎？盧卡斯和卡洛斯說不用擔心，他會很好的。與他們兩位喝了幾杯聊完婚姻無用論（一個說他結過五次婚但現在單身，一個說他家庭美滿但他就是不相信婚姻），我們也該走了。

人家都怎麼說這邊境之城的？說它不是墨西哥，比較像加州延伸出來的大賣場，從日用品、槍枝毒品到器官胚胎，什麼都賣，還有一部講靈魂買賣的科幻電影，場景就在提華納。可是酒精與音樂讓我感覺此刻來到一脫離現實疆界的天堂，空氣中飄浮著友善和樂，至福充盈。

然而，劇情急轉直下。

我們回到停車的地方，發現車子已被翻過了，還在慶幸好險車上沒有值錢東西，就發現要命的來了，車子，無法發動，完全沒有反應。朋友打開引擎蓋檢查，我在腦中恐怖幻想會不會被埋了炸彈，動了哪條線我們就將跟著車子一起爆炸，但，笨蛋，炸我們幹啥呢？我們身上既無藏寶地圖也無國家機密。但最讓人害怕的就是毫無緣由的惡意不是嗎？「電池被拔走了。」朋友說。

看著引擎箱裡那一個黑洞，兩條頓失所依的電線懸在空氣裡。我忽想到出發前我都怎麼冠冕堂皇跟人說這趟旅行的？叫探訪電影場景之美國公路充電之旅不是嗎？而現在公路旅行的靈魂人物，一台二十年的老爺車，電池整顆不見了。朋友很鎮定，「回酒吧找人幫忙吧。」而我發現，我沒電了。更白話地說，是我醉了。我剛剛幾乎是喝到只剩走回車上的力氣打算上車就昏死。

但不行，車子遭竊再加上一個倒在路邊的醉鬼同伴，我這朋友今年結束得未免太糟糕了。於是，身體裡的緊急警報啟動，我不斷開闔眼睛，像顆不斷開關機來延續電力的電池。我們再度走回酒吧。

這是二〇一〇年的除夕夜，提華納，旅途的中點。寒冷與黑暗襲來，暗巷人影幢幢，電影不是騙人的，隨時都可能有棍棒轟上這兩個異鄉人的後腦杓取走器官或注入病毒。但我始終相信，能夠到處旅行的人，生命一定享有某種特別的待遇，那也許來自善意與好運的匯聚，也許來自無可救藥的樂觀。正如，此刻我一閉眼一睜眼，就看見已完成的與即將踏上的美國城市，閃動著微光，是的，探訪電影場景之美國公路旅行。

2. 舊金山：自由大道

抵達舊金山的黃昏，斜斜的陽光讓一切看起來柔美和煦，但在此之後，舊金山一直下大雨。金門大橋、漁人碼頭，全在五里霧中。也好，本來就不是來當觀光客的，不是嗎？自助旅行者與旅行團觀光客的不同是什麼呢？前者總需要一個說法，一個理由，讓你非愛這個城市不可。而舊金山只要兩個單字就讓人愛上，Beat Generation，垮掉的一代，自由、解放、酒吧、詩歌、流浪、愛、和平、再流浪。

來到城市之光書店的晚上，美國職棒舊金山巨人隊獲得勝利，我不懂球賽，但聽說它原本是積弱不振的隊伍，沒人看好，居然打贏了。全城市陷入狂歡，路上車子瘋狂按喇叭，路人則以尖叫回應。書店隔壁就是維蘇威咖啡館，酒吧裡氣氛亦達到沸騰，認識的與不認識的人，擊掌、擁抱、乾杯。帶我去的當地朋友低聲說：「別急著買單，等下說不定有個瘋子進來說要請全店的人喝酒！」看著牆上金斯堡、凱魯亞克等人的照片，想像成是五十年前的那場勝利：城市之光出版了金斯堡的詩集《咆哮及其他》（*Howl & Other Poems*），被法院判為猥褻文學，詩人作家們起而聲援，最後書店贏了官司。

然而，舊金山真正給我的悸動，是在卡斯楚街。七〇年代哈維・米克與一幫志同道合的青年，在這裡開始為同志運動奮戰。到卡斯楚那天更冷了，幾乎是衝到街邊拍張照片，就得再衝回騎樓下躲風雨。家家戶戶彩虹旗飄揚，有股暖流慢慢從胸口往上爬。街角的雙峰咖啡店，是舊金山的第一間同志酒吧，從門外看進去，一對上了年紀的男同志，像開始一天的日常般，肩並肩坐在吧檯上喝咖啡，兩人的背影皆已顯老態，這一幕，竟讓我感動到眼熱。

「我以前不知道你看電影會哭的。」幾年前看完《自由大道》，散場後，同行朋友這麼跟我說。我以前也不知道我當個朝聖的影迷來到電影場景會哭。電影裡，哈維・米克遭槍擊身亡那天，上萬人捧著燭光，從卡斯楚街走到市政廳，黑暗中無數盞發亮的燭光閃耀，代替哀悼，也宣告著希望。

當愛與自由，能夠在一個地方安心地給予與接受，那就是無比的溫暖。冷雨中，幾對同志伴侶撐傘牽手走過，米克的話彷彿在耳邊，溫柔而堅定：「你不能單靠著希望而活，但沒有希望，生命不值一活。」

3. 洛杉磯：穆赫蘭大道

《穆赫蘭大道》，幾乎是我最喜歡的一部大衛．林區電影。然而，直到去了現實中的穆赫蘭大道，才瞭解了這位厲害的導演是用怎樣的一雙眼睛，在觀照洛杉磯這個虛實交疊的城市。

這條大道東起好萊塢，西至太平洋岸，穿過山腰，而沒入海中。沿途景觀從明星別墅、峽谷、鬼打牆的多線公路、到斷崖。每隔幾哩，就設有觀景台，從不同的隘口往下看，都可一覽無遺不同面貌的洛杉磯，天使之城就在足下。

接到太平洋岸後，就可沿著一號海岸公路南行，到馬里布與聖塔莫尼卡海灘，在這可接回市區，或到機場。機場正是《穆赫蘭大道》電影開始的地方，懷抱著明星夢的貝蒂來到洛杉磯，而後展開如夢似真、懸疑詭譎的電影片場之旅。

這是在洛杉磯的最後一天，最後一天可以選擇到賣場血拼，也可以選擇一段公路探險。我選了後者。當黃昏時抵達太平洋岸，介於粉紅與橘紅色的天際慢慢融入海面，如漸層的畫，我不禁感謝上天給我的冒險精神。

洛杉磯的公路網盤根錯節，即使是無孔不入的衛星導航器，有時都會把車子帶到不知哪戶人家鐵門高聳戒備森嚴的豪宅後院，在彎彎曲曲的穆赫蘭大道行駛尤然，有時偏離了，但繞一繞又回來了。我相信大衛・林區就是用這雙眼睛在看洛杉磯。種種機緣與際遇如公路網般綿密交錯，夢境、幻覺、現實，不過是你換條路或掉個頭，看到的另一面。

4. 拉斯維加斯：遠離賭城

我的朋友告訴我，賭博是一種修行。但，對於只會玩吃角子老虎機的我而言，賭博更像是一種冥想。規律反覆押著下注鍵，看眼前花花的櫻桃錢幣寶劍幸運七快速滾過，心裡只能想著一件事：我能不能是那個來自阿拉巴馬州的婦女等著賭場高層帶著媒體衝過來在此起彼落的閃光燈下張著嘴直呼：我真不敢相信！

好像中頭獎的新聞千篇一律都是這樣的，上帝總會眷顧克勤克儉的婦女、失業的老爹與退役的老兵（最後這類人中獎時大多會把獎金捐給國防部），偏偏不眷顧潦倒的作家。《遠離賭城》裡，尼可拉斯．凱吉飾演的醉鬼作家，來到墮落之城，只有繼續在酒精裡墮落，在愛情裡找尋虛幻的救贖。

但我的拉斯維加斯之旅好像瘋狂喜劇。我做了瘋狂的事。抵達的第一天，我們看到賭場餐廳裡促銷著「吃到飽的吃到飽」（Buffet of Buffets），一時鬼迷心竅，去買了這張無限卡。即，二十四小時內，賭城裡所有高級自助餐廳無限次數任你吃。我們幾乎像鬧鐘定時一樣地，吃完這家，開著車到另一家，繼續吃，好像為了用全身來驗證國中歷史課本寫的「美國是一個文化的大熔爐」一樣，義式、法式、歐陸式、美國鄉村式……吃到不知這到底是修行還是冥想。

時間一到，卡片失效。我們挺著大肚子離去，走進沙漠冬天的陽光裡，沒有眷戀。畢竟再浮華絢麗，下一站都更要緊。而，旅程尚未結束，我們繼續深入荒漠，到達充滿鹽山與沼澤的死谷（Death Valley）。前一晚在拉斯維加斯吃米其林星級法式料理，後一晚在死谷國家公園露營區小屋吃泡麵，對我來說，這就是最棒的旅行。

5.尾聲：提華納

回到酒吧，卡洛斯稀鬆平常：「哦？電池被拔了，上加油站重買一個吧！」原來，這在提華納是見怪不怪的事。

裝好了新電池，但因為沒有工具可鎖緊，電池的正負極僅是套上，換句話說，靠機率通電，碰上窟窿，很可能會瞬間斷電熄火，若後頭車輛撞上來，可不是好玩。我們靠著正念祈禱，戰戰兢兢開上高速公路，再度通過美墨邊境，在聖地牙哥舊城一家如檳榔攤的小雜貨店停下，沒想到在飲料零食櫃角落，竟擺放著非常專業的黑色電器膠帶。想必是所有從提華納開回來的車子都會在這兒停下問有沒有賣膠帶吧。就著車燈，固定好電池，才想起今晚還沒吃飯。

找了家酒吧坐下，撒滿起司與碎牛肉的墨西哥玉米餅送上來時，電視裡正在跨年倒數，電信業者又發來簡訊了：歡迎來到美國。而，我對自己說：歡迎來到二〇一一年。

山在對我說話：尼泊爾山區健行

1. 熱水

旅遊書上說尼泊爾是個來到這裡會把感官完全打開的國家。它指的是壯闊的喜馬拉雅山、色彩繽紛的紗麗、雕飾華麗的廟宇、各種香料與辛香酸辣菜餚。但第一道考驗著我的感官的，是平價旅館浴室的熱水。

儘管旅館標榜二十四小時供應熱水淋浴，但它仍變幻莫測，連旅館人員都無可奈何，只能碰運氣。我們的房間別說熱水，連冷水都無。到樓下旅伴的房間借水洗澡，我身先士卒，開了熱水開關，它咳了兩聲，開始流出冒著煙的熱水，不，是名為熱水，但顏色是熱奶茶的高溫液體。水管鐵鏽混著熱水一起流出來，開了半天，勉強從奶茶轉為紅茶。

我面臨觸覺與視覺的掙扎。那溫度對搭了一天飛機、在加德滿都機場入境排隊兩小時累積的疲勞，有多麼重要，但那顏色，有多麼讓人心生畏懼。我決定閉上眼睛，當作洗個紅茶浴吧。但手一過去，我知道對我最要命的，其實是嗅覺。沖著充滿鐵鏽味的熱水，感覺手上抓著一副豬肝或豬血在熱水裡沖。要淋上身子，豈不像抓著豬肝豬血往身上抹。我被嗅覺打敗了。熱水繼續開著，用滿室蒸汽催眠自己，另一邊，拿毛巾蘸冷水擦澡。

而同伴說她碰到那溫度就投降了，顧不得顏色與味道，沖了個舒爽的熱水澡。我想，尼泊爾是個修練把哪些感官打開再關掉的國家。

2. 哪怕只有一張床

如果可以，我會願意一次又一次的，搭十三小時的飛機（中間含六小時的轉機）

到加德滿都，再坐七小時的長途巴士到波卡拉，轉兩小時的四輪傳動車到登山口，然後，走兩三天山路。只為再住一次，那被七、八千公尺雪山包圍著、每晚住宿費不到一百塊台幣的山中小屋。

在尼泊爾健行是一件舒爽的事，找對了嚮導與挑夫，有基本的腿力，便是把自己交給這遼闊又神妙的國度。尤其是吃住與上廁所，完全不用操煩。我們走的是最小圈的環狀縱走：四天三夜的普恩山（Poon Hill）健行，這座山不高，只有三千兩百公尺，但位處制高點，可以一覽綿延的山脊。沿途的大山壯麗景致、如童話世界般的森林、日出之前如神蹟籠罩的靜謐藍光……雖都一再地感動著我，但最常讓我想念的，是在途中投宿的小屋，那靜靜地，看山、喝茶的生活。

第一天的路程有點挑戰，必須上升將近一千公尺，最後一段更是階梯連著階梯，不斷的陡上，路不在前方，而在「上面」，當大腿肌耐力完全被喚醒時，嚮導站在最後一段階梯的盡頭，說：「到了！」是一棟在山腰上的，漆著藍色木框的小屋。這種小屋在尼泊爾山區村落到處可見，供餐供住，床單潔白，棉被溫暖。

第一晚的小屋是家庭式經營民宿，爸爸媽媽與三個女兒，女兒們勤奮又美麗，一邊工作，一邊與來來往往的年輕精壯登山嚮導嘻笑。戶外的大露台，迎著遠方的雪山。第二天早上，來自各國的登山客在露台上吃早餐，餐後打理行囊，留下一點「下次再來不知何時」的喟嘆，以及「前方一定更讓人驚喜」的期待。

在路途上，觀察其他人吃什麼，是一大樂趣。我們四天早餐都吃傳統套餐：番茄燴馬鈴薯、西藏餅、兩顆煎蛋與香料奶茶或咖啡，卻看到韓國山友從背包裡拿出泡菜真空包，單點一盆白飯，攪拌出香辣帶勁的家鄉味。

中午在一家視野極佳的山中小餐館停下休息用餐，隔壁桌來了十人義大利隊伍。我們扒著當地的豆子飯與西藏餃子，他們卻無窮無盡地，從背包裡拿出紅酒、臘腸、起司，在雪山腳下熱情乾杯。他們點的菜上桌了，十盤全是義大利肉醬麵，自己撒上滿滿的自備起司粉。我看得入神，直到嚮導吆喝要上路了，才依依不捨離開視線，背上背包，不然我真想看他們最後會不會變出個提拉米蘇與手壓espresso。

第二天，只要約走四、五小時，便抵達普恩山下的大村落葛拉帕尼（Ghorepani）

，這兒除了大大小小的旅店外，還有書店、明信片店、麵包店，老婦人在陽光下擺著銀飾小攤，正升起一點重返凡間的世俗感，心想放好行李可以來逛街了，忽然，八千一百六十七公尺高的世界第七高峰道拉吉里峰（Dhaulagiri）就出現在眼前，搭著澄澈無瑕的藍天，像是有人突然拉起了碩大無邊的景片，我的第一反應是尖叫，叫畢眼眶便紅了，接著陷入無聲的震懾，好久好久。

嚮導幫我們挑的客棧就正對道拉吉里峰，以及另一側的安娜普納南峰。這是一家大規模的客棧，超大餐廳裡有爐火，大夥不但在這烤火取暖，還大方晾出了襪子與內外衣褲，這是僅屬於高海拔的不分你我。

第三天早上，上普恩山看日出，接著要趕路到最後一個村落岡卓（Ghandruk）。岡卓的落腳點就叫安娜普納民宿，是一棟歐洲鄉間風格的鋼筋水泥洋房，花園用心整理過，房子背後是安娜普納南峰與魚尾峰。嚮導說要給我們一個驚喜，旅伴進了房間，發出尖叫，是套房耶！嚮導知道我們前兩天排隊淋浴、苦等熱水的辛苦，特地安排了有獨立衛浴的房間。大廳裡，幾個登山嚮導專注地看著電視，這是這趟健行第一次看到「電視機」。而當這些文明電器出現時，也代表離山下愈來愈近了。

說了三個小屋，都沒說到「房間」。

好多年前登山社的學長到尼泊爾健行，回來後告訴我們，住一晚只要新台幣五十塊錢，我直覺問：「那有床嗎？」學長豎起一根手指說：「沒錯！你答對了！就是只有床，其他什麼都沒有。」沒錯，真的來到尼泊爾山區，住進這夾板隔間、只有鋪著白色床單的單人床的房間，才會深深感覺到，我們需要的，不過如此。而屋外風景卻都在七星級以上。

真的，我會願意一次又一次地回去。哪怕它只有一張床。

3.山在對我說話

十八歲，大一，第一次爬玉山，第一次高山症。

從塔塔加到排雲山莊的連續上坡步道上，山地青年用頭帶與藤籃挑起幾桶瓦斯或幾打啤酒，健步如飛拾級而上。登山協會的歐吉桑歐巴桑，倚著路邊的石壁，喝著蠻牛或奧利多，幫我們這些學生打氣：「加油！上面有麥當勞喔！」

第二次的玉山行，印象最深刻，因為我多走了好幾座山峰，還去了來回要十二個小時的鹿山，回程沒行進水，還好那時每天都會下午後雷陣雨，學長帶我們切進樹林，把雨衣撐在樹枝上，等待雷鳴雨降，接雨水喝。在最後一段碎石坡上，天已黑，學長卻突然對我喊著：「把頭燈關掉！」他手指著山下，我看到家家戶戶一盞一盞燈，如骨牌秀似的亮了起來。

第一次長程縱走，南二段，從南橫公路的向陽工作站進去，從南投的東埔出來，要走七天。第二天在嘉明湖邊紮營，抵達時是正午，陽光大好，我跑到湖邊以清水洗頭，一位美術系的學長過來。以鋼杯盛水，幫我沖頭髮，那時還留長髮，我彎著腰看著髮絲上無數個發亮的水珠，每顆水珠上都有一座嘉明湖一座三叉山，隨著風搖曳閃動。

第一次當領隊，聖誕節連假，帶四十多人大隊去七彩湖，我又高山症了，吐倒在湖邊。下山時部落正在歡度聖誕節，柴車隨時都要停下來讓醺醺然的原住民青年過馬路。司機阿伯說，他們一連喝三天，喝到醉倒，醒來再喝，他們一個一個抓著酒瓶對我們喊：Merry Christmas!我們也歡呼回應。

還有好幾次，下到登山口，轉客運到鄰近的車站，再接往台北的火車，總是恍恍惚惚把大背包一甩，倒在宿舍的鐵床上，小腿掛在鐵欄杆上，想著，今天早上還在八通關草原或松蘿湖邊吹著風呢。

登山社曾冒出一些頗有詩興的學長姊，寫下：「山不向我走來，我只好向它走去。」「我走過漫漫天涯路，常在我心中。」等年輕純淨又有意境的句子，有些譜成曲子，在登山社傳唱了幾十年。但是，我一直不知道，我為什麼喜歡爬山？

尼泊爾登山第三天，一個拐彎，沒有預期的，七、八千公尺的雪山又忽然出現了！我照例哇哇叫。陪我走在後頭的挑夫陪著我叫。他是波卡拉的大學生，利用期中考溫書假出來賺外快。我們沒急著跟上前方的同伴，停下來，靜靜地看著山。

「山在對我說話。」一向嘻嘻哈哈的挑夫忽然認真地用英文說。

我回他：「真的?!它說什麼？」他一個字一個字緩慢清晰地說：「它說，它會永遠保護你。」我猜我的眼睛有點熱了：「保護你？」

他笑得露出兩排潔白牙齒：「你啦！」「我?!」他拍了拍胸脯：「我保證！是你！它會永遠保護你！」

為什麼喜歡爬山？十幾年回答不出來的問題，在尼泊爾安娜普納山區，這位生長在雪山下、日夜與山對話的蒙古族少年幫我找到了答案。

प्रदेश
खाद्य विभाग

想我大理的兄弟們

1.阿林哥

阿林哥不記得我了。

四年前的秋天，在雲南大理，天天和在街上認識的各方朋友，一起晃蕩。在路上走著，原本的五人隊伍，從街頭到街尾，已變成十個人兩隻貓兩條狗，這大隊人便一起到食堂裡叫一桌豐盛的菜與酒，分攤下來每個人不過幾塊錢。

阿林哥是這之中唯一一位大理當地人。他蓄著鬍子，夏天穿皮衣，冬天穿汗衫，整天不說一句話，足不出大理，戴著寬沿牛仔帽，蹲在門口抽水煙。他不是歸隱的嬉皮，而是他生在這裡，生來如此。阿林修鐘錶維生，家裡無水電無瓦斯，每天舀家門前的溪水，用撿來的柴火燒飯。

有個晚上，他主動發起，說帶我們去晃一下。一行波西米亞跟著他，像要進行什麼大理城祕密計畫般，在夜裡走著。他先帶我們到五星級飯店的大堂和庭園走了一遭，又到紅男綠女杯觥交錯的私人派對裡逛了一圈。幾個窮酸背包客開了眼界，而阿林自在自得，通行無阻。那個夜晚，如此魔幻。我們甚至懷疑阿林是臥底的雲南幫派高層。

四年後，我又回來了，弟兄們早已各奔江湖，沒留下聯絡方式。能找的，只有阿林的鐘錶鋪了。我衝著他傻笑，回想當時用的是啥諢名，「阿林哥！我是小劉啊，你記得我嗎？台灣的小劉！」他搖搖頭，表情木然。「那，能幫你拍個照嗎？」他大方走出屋子，站在陽光下，略揚下巴。他老了一點，其餘完全沒變。猜想，我也是如此吧。

2.明天再來

來大理，唯一要擔心的一件事是，你會離不開它。這是我第三次來到大理。前兩次，各待約一個禮拜，不敢再往下去的理由都是怕我會賴在這裡不想走了，遂匆匆背起行囊，在古城街角的散客旅遊代辦處買張車票，上了巴士，往歸途或往下一站。一邊看著車窗外倒退的灰瓦白牆，一邊哄騙著身體裡那個平常在都市被壓抑著、來到大理才重見天日活蹦亂跳的純真小孩：乖哦，我們明天再來。

然而，這個「明天」，又是四、五年後了。

翻開任何一本旅遊指南，風花雪月四個字，似已成為雲南大理的名片。大理古城唯一一家大規模星級旅館，就叫「風花雪月大酒店」，當地著名的啤酒也叫「風花雪月啤酒」，並不是這座古城瀰漫風流韻事，而是指分屬大理南北西東四個地標的著名景觀：下關風，上關花，蒼山雪，洱海月。

但對我來說，大理最讓人想念的是陽光與人情。古城四季如春，陽光爛漫，白族居民質樸親切，待個一天，便可充分感受到這兒的舒闊祥和、悠閒自得。住個兩天，會把紮染圍巾、刺繡服飾拚命往身上帶，唯怕自己看起來不夠波西米亞；住個七天，會讀本《西藏生死書》或凱魯亞克的《在路上》，聽張西藏梵唱或尼泊爾電音。再住上兩個禮拜，大概，十之八九的人，會開始尋覓房子，計畫開一家店。

這幾年，大理來了許多人，開了客棧、咖啡館、酒吧、藝廊，每一家店，背後都有臥虎藏龍的故事，每一家店老闆都像個藝術家，之中不乏年輕洋人男子與黑長髮東方女子的組合。垂柳搖曳，樹影斜映，慵懶旅者在洋人街啜著雲南小粒咖啡和大理啤酒……若把這些泛稱為「情調」，對大理，又太不公允了，因為它是個有扎實生活感的地方。

在大理的一天可以這樣開始：早上，到人民路中段的菜市場，看一個個白族大媽與各地新住民們，不分你我，背著竹簍子買菜。大理依山傍水，光是野菜野蕈就很有看頭，牛肝菌、雞樅菌、松茸、樹皮、樹花、松毛尖……每一攤皆以傳統秤子量重，付了錢，轉身微蹲，老闆幫忙把菜放進簍子裡。逛累了，路邊吃碗豆花、甜酒釀或豌豆涼粉，嘴饞了，買張現烤的破酥粑粑邊走邊吃。

大理在每年國曆三月底舉辦規模最大的白族趕集，就在古城往蒼山的三月街上。我每次來都恰好沒碰上，不過，遇上了每七天一次的趕集，乾貨香料、日常用品、衣服鞋子琳瑯滿目，最稀奇的是，還有牙醫攤，白族老人家們在陽光微風下張嘴補牙，突然覺得，這才是光風霽月啊。

舊地重遊，像是在手裡揣著張老照片，每走到一個地方，就拿出來衡量比較，映照今昔。當一幕幕都與我記憶中的大理完全重疊時，心中溢滿感動：原來，真有一個地方是不會變的。

3. 誰沒父母兄弟

大理古城不大，城門保留完整。棋盤狀的街區規畫，玉洱路、護國路與人民路連結西門東門，博愛路、復興路直通北門南門，步行就可以繞完整個城區。走在路上，時有當地散客導遊過來，以輕柔婉曲的音調，問：「蒼山洱海去過了嗎？」

蒼山在古城的西側，上山的方式很多，可以搭纜車、步行或騎馬，纜車路線又分三條。我原本想搭敞空露天的中和索道，直達半山腰的中和寺，當地人稱這種纜車為「掛掛車」，無門無窗，視野最佳，但正好在維修，只好改搭由感通寺出發的感通索道。

搭上纜車，可一覽大理與洱海全貌。遠遠看，蒼山山頂還有積雪，進了山，在蓊鬱樹林裡，只有地上一點殘雪了。纜車終點站規畫了幾條步道，還修建了一座金庸小說《天龍八部》裡的珍瓏棋盤，長寬約二十公尺，供旅行團「到此一遊」的意味較濃，反倒旁邊有個攤子，贈送遊客「登上蒼山，一生平安」的金牌，攤主是個豪邁大哥，大聲喊著：「免費刻字結緣！」待遊人一個個過去排隊領取，他再補上：「只收你十塊錢工本費。」有人抱怨，他老兄更爽快曰：「誰沒父母兄弟！」（意指大家都是混口飯吃）。

從古城到洱海，最好的交通工具是腳踏車。出了古城，跨過連結大理與麗江的大麗公路，再穿過田野與村子，抵達才村碼頭。才村比起古城，又寧靜了幾分，除了碼頭有來往遊船外，幾乎沒有觀光客，僅容單車與行人通行的石板路，在村子裡歪歪拐拐，鑽來繞去，一路取東，便可見廣闊的洱海。有些民宿、餐廳與藝術家工作室築在洱海邊上，台灣畫家韓湘寧的而居美術館便是。

回程，在不平整的粗礫石路上騎著單車，沿途是無邊無際的黃綠農地，雲淡風清，遠處蒼山上的寺廟清晰可見，三三兩兩農民騎單車、扛鋤頭擦身而過，孩子們背著書包一路玩耍回家。

4.本地的主人

我始終納悶，白族人樂天質樸的天性，為何不受觀光發達及外來商機影響？原本我以為是蒼山洱海天然秀麗美景陶冶而成，參觀了喜洲民居嚴家大院之後，才明白更大的原因，來自白族人千錘百鍊的生活信仰。

喜洲在大理古城北方十六公里處，是白族民居保存最完好的古鎮，其中大戶人家嚴家大院形式完整，也售票開放觀光，並有專人導覽。白族的民間宗教是「本主信仰」，意即「本地的主人」，每個村莊都有自己的保護神，沒有統一的神靈系統，傳說中的英雄、佛教的神、道教的仙，甚至石頭、樹根，都能成為一個地方的本主。每個白族人從出生到死亡，大到婚喪嫁娶，小到禽畜走失，都可以向本主尋求庇護。如此平民而世俗的信仰，怪不得每個人臉上都有著熨貼在土地上的安詳。

此外，白族最具特色的「三道茶」，更反映了他們的豁達與包容。三道茶，只在逢年過節或貴賓來訪時奉上。第一道是苦茶，第二道是加了乳扇與紅糖的甜茶，第三道則以花椒、薑片、肉桂入味，名為回味茶。「先苦、後甜、再回味」，白族人的人生智慧，融入在待客茶飲裡。

5. 心靈故鄉

距大理南方六十公里的巍寶山，是道教聖地。原本我們是為了每年農曆二月的歌舞慶典而去，無奈今年提早結束，正要敗興而歸時，卻看見三三兩兩的當地人，或擒或背著公雞上山，好奇問所以，答：「是要去拜財神的！還可以從雞血滴流在白米上的圖形，占卜出今年的運勢！」我們興致勃勃地跟著上山，又見另一戶人家，從爺爺到孫子一家出動，背著竹籃帶著公雞，卻像是來野餐般，在途中樹下歇腳吃起點心。

下山路上，一路陪著我們的出租車司機，才悠悠地說起他的信仰：「財怎麼求得來呢？財，是看你命帶不帶嘛！」我聽著覺得頗有意思，問他：「師傅，那您求了啥呢？」他笑得舒朗：「平安嘛！出門在外，不就要個平安嗎？」

大理，有許許多多出門在外的人。待在古城，什麼都不做時，我喜歡找家咖啡館坐著，看窗外來來往往的浮雲遊子，男或女，金髮或黑髮，青春稚嫩或略帶滄桑，背著大背包，有的斜掛著吉他，有的，如我，一枝筆一本筆記本。若待久一點，就可以看到，有些離開的人又回來了。大理就像個心靈故鄉，它自由而包容，友善而溫暖。然而，對旅人最無奈的是，回到「故鄉」，仍是「客」：相見不相識，笑問客從何處來？

不只曾帶著我們一群背包客闖蕩的修錶鋪酷哥阿林哥，還有一起打過撲克牌的單車出租行大叔，都不記得我了。雖然失落，但每天來往的各路遊客這麼多，怪不得他們。

護國路末段的坡道上，有好幾攤賣民族風染布、掛飾的攤子，其中有位白族大娘價錢實在，為人風趣，前兩次來都向她買紀念品，走上最後一段上坡時，竟有點近鄉情怯，怕大娘已不擺攤，或一樣，不記得我。而當我抬頭時，一個熟悉的容顏對我笑得好開，我回以深深微笑，我們這麼對笑幾秒鐘，大娘先開口：「回來了啊？」

是啊，大理，我回來了。

雙廊，春暖花開

1.島與半島

如果你夠純真或者夠騷包，你一定不會不愛雙廊。

純真，因為這兒是個千年古漁村，沒有一棟樓超過三層，柏油路都沒鋪完全，大樹下三兩大媽，賣醃梨與炸魚；海岸邊，大叔挑著扁擔，掛著水桶，悠然叼菸挑水，原始靜謐。

騷包，因為這裡的民宿與店鋪，家家別具特色，德式甜點、法式料理、川渝火鍋、哲學咖啡館、養生草本茶，安藤忠雄風的簡約水泥精品旅館裡，大面落地窗前僅擺一只潔白浴缸，正朝洱海。

然而，對於一個這麼夢幻縹緲的地方，我卻不知如何描述，才能在對方臉上看到一點「哦！」的表情。終於，在找資料過程中，發現了要讓沒聽過「雙廊」這地名的人，迅速與之產生連結的說法：幾年前王菲和李亞鵬不是被拍到在雲南買地要蓋度假屋嗎？那地方，就是雙廊。

雙廊很小，站在沿海公路的高處，一眼就能望盡。遊客們喜歡在進入雙廊前，先在這裡停一會兒，鳥瞰雙廊全景。碧藍的洱海在雙廊拐了兩個彎，形成兩道沿海走廊，故名為雙廊，而半島娉婷伸入洱海，如美麗的鹿角。半島名為玉璣島，與半島相對的，是一小巧的離島：南詔風情島。

但過了這裡，往雙廊的最後一段路，讓人心生疑懼，這兒真的可以通往那遺世獨立的千年漁村兼度假勝地嗎？沿海公路修築了好幾年，砂石車飛快駛過，揚起漫天黃土，來到村子入口，只見一公車站牌，站牌旁，戴著寬沿帽的老伯伯坐在矮屋門口抽菸，身旁伴著老狗與公雞。再往裡面走，除了主街之外，全是僅容步行與單車通行的蜿蜒小巷，彎曲歪拐，迂迴曲折，沿著海岸線，又通往主街集市。有些巷子小到如一線天，鑽過窄縫，竟是海闊天空。

這如迷宮，又如萬花筒的尋寶路線，以玉璣島最為驚奇。雙廊一夕之間火紅起來，並不是因為王菲與李亞鵬，而是另兩位中國大陸著名的藝術家：畫家趙青與舞蹈家楊麗萍。多年前趙青來到玉璣島，選了最靠海的一角，建蓋了「青廬」，一反傳統柔美風雅的白族建築，選用鐵板、鋼索、玻璃、石材等堅硬的材料，幾何造型，線條利索，這棟後現代風格的陽光城堡，在這寧靜小島上，充滿了視覺衝擊和另類情調，看似突兀，卻又猶如鑲嵌在礁岩峭壁之上，與海水與濱海植物融為一體。

後來，楊麗萍也來了，選在青廬隔壁，請趙青設計，蓋了兩棟風格相似的別墅，一棟作為私人宅邸，一棟則成為「楊麗萍藝術旅館」。旅館走高檔隱蔽路線，非住客不准進入，每晚要價將近三千元人民幣，如不住宿，又想一窺藝術家之屋，可以到隔壁的青廬喝咖啡，或與我們一樣，包條小船，沿著玉璣島外圍繞一圈，便可全覽這占據整座半島最尾端的三棟前衛建築。至於內部裝潢，我們跟著許多遊客在外面探頭探腦一番，仍窺不到一二，可見極為保護住客權益。

2.面朝大海

也許是藝術家的帶動，許多外地的白領與高幹來到這裡，就也動心起念，蓋一棟夢想之屋，開一家夢想的店。「人在旅途」書吧，就在楊麗萍藝術旅館隔壁，同樣的簡約灰牆、大面落地窗，空間舒適，擺滿藝術人文類書籍，也售手工飾物與獨立唱片。隔壁的「雲客棧」有個寬敞陽台，喝過洋墨水的男女主人放下北京一切，來到這裡，不但經營客棧，還在雲南桃溪創辦了體制外的學堂。

主街上的大樹旁，有家Amigo法國餐廳，氣氛熱絡，是許多外國背包客聚集之地。女主人去法國讀書兼學做菜，帶著法國老公來到雙廊開店，餐點是道地的西餐口味，有現擀皮的披薩，屋內布置溫馨，周圍各國語言此起彼落，彷彿置身南歐小島的餐館。斜對角有家「金利烘焙坊」，德式甜點用料實在，不輸五星級飯店。

還有許多隱藏在各角落的小客棧，主人都是浪漫又有理想的文青，希望來到雙廊，過著月夜划船、種菜下廚、喝茶看海、曬太陽發呆的生活。我們投宿的客棧，就叫「春暖花開」，名字源自於傳奇詩人海子的詩：「**從明天起，做一個幸福的人／餵馬，劈柴，周遊世界／從明天起，關心糧食和蔬菜／我有一所房子，面朝大海，春暖花開。**」

3.喧囂進入不了的地方

我們在主島與玉璣島看著對岸的南詔風情島看了兩天。龍頭造型的鮮豔遊船，與幾層樓高、可在船上吃飯唱歌的豪華遊輪不斷靠岸，導遊的大聲公與遊船廣播，隔岸仍聽聞得到，朝外的一側，矗立著聳動的告示牌：國家ＡＡＡＡ級風景區，這樣充滿庸俗嘈雜氣氛的風景名勝，到底該不該去呢？

還好，我們去了。下船登島後，這小島如有靈氣似的，那些喧囂完全影響不了它。島上人文與自然景觀豐富得讓人驚喜。造型脫俗的雕像展示白族文化，奇異獨特的地形地貌，更湧藏著特殊的海島景致。以往來到觀光區，最怕看到用來供遊客拍「到此一遊」照的雕像與石碑，但南詔風情島上的各雕像群，卻有種純樸柔美之感，像是它們原本就生在這裡似的，彷彿走入神話。如「沙壹母」雕像出自《後漢書・西南夷列傳》，漁家少女沙壹入海捕魚，誤觸沉木，竟懷孕了，一胎生下十個男娃，成為雲南地區各族的始祖。

其中，讓我最流連忘返的，是一個接一個設計雅致的庭園。「本園」花木扶疏，像走進田園農家，這兒還可品嚐當地農家菜，但須預約。千年古榕枝繁葉茂，幽穴古洞盤曲交錯，其中有株梅花正盛開，開枝散葉如一把花傘，光是駐足賞花，就可在這島上停留大半天。島上沿海步道垂柳搖曳，觀海套房沿山壁而築，與玉璣島相望。

可惜大部分遊客都是搭觀光遊船來此，下船拍拍照，又上船往下一個景點。不知該為他們惋惜，或該慶幸因沒有旅遊團久駐，才得以體會到這世外桃源的靜謐與幽雅。

4.陌生人，我也為你祝福

旅遊手冊上說：「雙廊是塵世俗人遺落在洱海邊的一個夢」，許許多多的人為了這個夢來了，窄仄深巷裡、曲折海岸邊，有許多房子正在改建裝修，幾乎都是要蓋成客棧或私人度假屋，也許再過幾年，這裡會人滿為患。

然而，也有許多遊客來到雙廊，發現這裡「沒什麼」，既不能採買名產、不能泡吧豔遇，也不能喧囂發洩（大部分的客棧都會提醒入夜請輕聲細語，不要破壞雙廊的寧靜）。我們造訪的這幾天不夠幸運，無法享受到充沛陽光。天色陰灰，雲層厚重，

唯有黃昏時，可以捕捉到變幻莫測的天光雲影。

第二天傍晚，我坐在客棧露台的躺椅上，看著玉璣島與南詔風情島中間的天空，陽光在雲中間開了幾個小洞，光束落下，如神蹟降臨，卻又馬上收合，如此多回。一直看到天色慢慢暗下來，雙廊也愈來愈安靜。我知道，來到雙廊，最好的活動就是「不做什麼」，帶本閒書，捧杯茶，側耳聽拍岸的濤聲，抬眼觀流雲的捲舒，直至黃昏、日落，讓心裡的浮躁慢慢消散。

的確，來到這裡，會想起那首海子的詩。我不想以高科技產品破壞此時的靜謐，但仍忍不住從背包裡拿出iPhone，上網搜尋出全詩，對著洱海，在心裡默默朗誦著下半首：「**給每一條河每一座山取一個溫暖的名字／陌生人，我也為你祝福／願你有一個燦爛的前程／願你有情人終成眷屬／願你在塵世裡獲得幸福／我只願面朝大海，春暖花開。**」

瘋狂單車與足底筋膜炎

1. 一夜淚水

讀國中時，冷天早晨，天濛濛亮，就要騎腳踏車出門上學。哥哥教我，梳洗畢，要把雙手浸在熱水裡一陣，騎上腳踏車後，先用單手握龍頭，另一手插口袋裡保溫，等到露在外面的那隻手退了溫、凍到受不了，再換手，這樣，可以正好騎到學校。

有天放學，騎到家裡的巷口，橫跨過馬路時，沒留意後方來車，我被一輛小貨車撞倒了。人與書包離開了腳踏車，滾了兩圈，我想坐起來，卻失去平衡，又滾了兩圈。哥哥從後面騎來，回家去叫媽媽出來。小貨車駕駛沒有錯，也熱心下車看我是否受傷。我站起來，安然無恙，回了家。

那天晚上，我躲在浴室哭了好久好久。不是驚嚇，不是痛，而是，前幾天生物老師說了一個故事：她國中時有位女同學走過籃球場，被籃球打到頭，當場沒事，但那天晚上就寢後，就再也沒醒過來了。我怕我也會像那位女生一樣，睡了就死了。而我怕的，不是死亡，也不是見不到爸爸媽媽哥哥妹妹阿公阿嬤老師同學，而是，我怕我來不及長大，我還有好多想去的地方還沒去，想做的事還沒做。忘了最後是怎麼睡著的，但總之第二天早上我醒過來了，一樣騎腳踏車上學。

那一夜淚水，就像許多成長中的彆扭與殘酷，無人知曉。

2.北橫公路

只要你一直想著一件事，那件事一定會成真。

台灣前幾年開始的單車熱，從河岸自行車道到單車環島，玩家愈來愈多，我也跟風了。但我是熱度三分鐘的人，買了車，騎了幾次始終放著。除了懶惰，我有個心理障礙，就是山路上的野狗，若是下坡時遇到狗群還無妨，放掉煞車，努力往下衝就是，最怕的是上坡，踩也踩不動，就算沒有真的撲咬上來，狂吠聲及猙獰的利齒，已讓人腿軟喪膽。有車友建議要隨車攜帶木棍，但若悠閒騎車搞成人狗大戰，未免太累，就這樣，單車成了陽台的多功能曬被晾衣架。

去年夏天，加入一群大學時代學長姊們的車隊，才重新上路，只是，他們已是鐵人等級，而我仍在學步。初生之犢，騎過一次陽明山之後，我就自告奮勇，騎費時五天，總長兩百多公里的高山單車之旅，從平地騎到海拔兩千公尺的武陵農場，休息一天，再一路下到平地。

第一天，從台北三峽進入北橫公路，目標是盛產水蜜桃的拉拉山。過了熱身期，開始進入部落。羅浮到巴陵，我的屁股和座墊的蜜月期過了，大腿前側肌力的顛峰期也過了，看手錶，很好，中午一點半，上一餐是早上七點在捷運站的一塊麵包。前方，不見鐵人隊友們，只有無止境的上坡。我開始想，後面會有一輛載水蜜桃下山的回頭車到我旁邊停下來，問我要不要連人帶車一起上卡車。

結果，到了倒數第二站：高義部落，只盼到前方來了學弟，他回頭探視我離了多遠，在學弟感人的溫馨陪騎下，巴陵很快到了。之後每天適應，上上下下，每次都是感覺身體快要到達極限時，一個美妙蜿蜒的長下坡，就在眼前。你只需快意迎風。

第五天清晨，從武陵農場騎上蘭花橋不久，最陡的上坡已結束，我正準備喘口氣，投入重力加速度的懷抱，後面一輛卡車經過我，在前面停了下來，我以為前方堵車，跟著放慢速度。空無一物的卡車後車廂，突然彈坐起來一位原住民朋友，問我：要不要上車？啊，哥哥，可是我才騎半小時，才正來勁耶。我謝過他們，繼續往前騎行。

果然，只要你一直想著一件事，那件事一定會成真。只是，它來的時候，你可能不需要它了。

3.足底筋膜炎

瘋狂單車行之後沒多久，我就得了足底筋膜炎。右腳腳跟腫成半圓形，踩地就痛。先去中醫放血又貼膏藥，沒用。再去西醫打類固醇消炎針，吃消炎止痛藥，腫消了，但腳底仍痛。運動傷害專家說，你是運動時鞋子沒穿對，應該要穿包覆良好的氣墊鞋（沒錯，我常穿夾腳拖鞋去走郊山）。物理治療師說，你這是扁平足造成的，沒救，趕快做特製鞋墊（是的，我生下來就扁平足）。整脊師說，如果是扁平足導致，那怎麼會是在右腳呢？一定是你慣用右邊打字工作造成的（不知道現在改學左手寫字還來得及嗎？）。

後來，我遇見了這位「心理諮商式整脊師」。他什麼也不喬不弄，看著我的兩隻腳，拿著一張空白的人體圖，像租車行在登記車子刮傷一樣，比對著我身上肉眼可見的痕跡，在人體圖上相對位置做記號。

他指指我右小腿中間一道好長的疤，問：「這是怎麼受傷的？」我說是大學和男朋友騎機車去夜市時出車禍，縫十針。他問：「那和這位男朋友還在一起嗎？」沒有，還沒畢業就分手了。「分得愉快嗎？現在還會難過嗎？」我搖搖頭說早就沒感覺了。他在圖上的右小腿疤輕輕畫了個叉叉，表示兇手不在這裡。

他又指指我右膝外側較小的疤，問：「這個呢？」我說是小時候幫媽媽去養雞場買雞蛋，為了躲養雞場裡兇猛的看門狗，一直靠著邊邊走，結果被牆邊的破水缸刮到，回到家，才發現小學生冬季制服厚棉布藍長褲破了，裡面的皮和肉也破了，整條小腿都是血，媽媽趕快載去外科縫兩針。

他好像找到了一點線索。「你為什麼會一直認定是騎腳踏車造成你的足底筋膜炎？小時候有因為騎腳踏車受傷或不愉快的經驗嗎？」不會啊我是鄉下小孩啊，騎腳踏車都嘛很快樂，如果有跌倒也是站起來拍一拍就好啦……啊！我想到了！我想到國中有次騎腳踏車被撞倒，結果以為自己會死掉！

「很可能是她還躲在這裡。」誰?!「那個國中時候的你啊。你回去以後，要練習對她說，我已經長大了，我現在很快樂，也過得很好，你不要再害怕了。」我半信半疑地走出去。我瞭解這個原理，就像許多身心靈與另類療法導師認為，疾病痊癒的關鍵來自對疾病的包容與原諒。有些學派還會要你找一個人來扮演你的腳，治療師會引導你們兩個擁抱，這樣也有助於康復哩。我試了，但可能我不夠誠心或不夠恆心，足底筋膜炎還是沒有好。

但那天，從診所走回車上，車門一關，我又沒來由地，像當年那個國中小女生一樣，哭了好久好久。「身體是道場，修行沒有終止。」那位醫師說。所以，也許再一個十八年後，五十歲的我，會來尋找躲在車上哭的三十二歲的我。

第三人稱

1. 第三人稱

她是到最近才發現自己在感情上笨得要死。笨蛋通常透過發問的問題來展現自己笨的程度，從M快要昏倒的表情，她覺得自己像是一個沒下過廚的人歪著頭眨著眼問：「要等水滾了才可以下麵條嗎？」

幸運的笨蛋會擁有一個能承受她所有笨問題的哥們，她的就是M，從人類起源到長痔瘡都可以聊的哥們，當然，又屬感情諮商為最大宗。

好，回到她問的問題：「要怎樣才能知道他有沒有女朋友？」M回答：「這種問題是不用問的，你不會從他的舉止細節裡面發現一點什麼嗎？」她搖搖頭，呶著嘴：

「啊電影不都只是特寫手上有沒有戴戒指？」哥們諮商師M很有辦法：「我這樣問你好了，知道他有沒有女朋友對你來說的意義是什麼？你想要的是什麼？」

「我現在想要長久穩定而公開的關係。」是啊，她一直這麼想著的，只是不知總是哪裡去卡到。而勇敢說出這句話竟然讓笨蛋她眼眶微微濕潤，一直笑她笨的M心裡也隱隱不捨起來，M語帶溫柔地說：「那，那就像這樣真誠堅定地告訴他啊。」「我才不敢咧。」笨蛋若再兼個俗辣，一切都難辦。

「你笨哪！你不會用第三人稱嗎？」「噢。」她其實仍似懂非懂。M豎起一根手指，像補習班名師「這題一定會考」般說：「第三人稱，永遠是不會受傷的最佳保證。」

2. 歐兔版

她在聚會上知道了好姊妹與一位歐兔版認識的帥哥墜入愛河。「什麼是歐兔版？」她向來對這個版那個版很lag。姊妹們說就是All Together啊，上面好多曠男怨女，任君挑選。一位姊妹說：「簡單說就是約砲啦！」熱戀中的那位說：「才不是咧，裡面有真愛！」

她半信半疑地登入了。裡面波文諸如「兩男今晚很寂寞要上陽明山夜遊，徵求兩女」，或「有沒有人想一起看阿凡達，我有買一送一，保證只是看電影」，或「一個高雄人到台北出差一夜，住西門町旅館，找人一起吃飯」。她看不出裡面有沒有砲，有沒有真愛，有沒有變態殺人魔。

其中，有個約去台南小旅行的，寫得最單純：「只是想要找個人一起旅行，晚上住宿可以各自找旅館，隔天白天再集合即可」。這人還很誠懇地附上相簿（長得還可以），還說如果需要真名和身分證字號都可以私訊。她回信了，這位原波馬上回信，約了明天早上十點在台北車站東三門。

她一邊打包行李，一邊想不對，萬一真的是變態殺人魔呢？總要找個留守人吧。她打電話給M，把這個人的ＩＤ、暱稱、發文位址、相簿網址、真名、身分證字號一一唸給M聽，如果明天晚上你沒收到我簡訊你就趕快把這些東西給警察知道嗎？M在電話另一頭沒反應。「喂，你有沒有在抄啦！」「我不想理你。」M自然把這個大笨蛋罵了一頓。M說：「如果你想出去玩為什麼不跟我說？我可以陪你去啊！」她呆呆地喔了一聲。然後再上網跟原波說，抱歉哦我突然臨時家裡有事＾＾。對方教養倒好，速速回信說沒關係祝你一切順利。

所以，一樣是台南小旅行，一樣是早上十點台北車站。只是，旅伴換成了哥們M。

3.兄弟姊妹

他們租了摩托車，一路騎到新化楊逵文學館。她看得心頭暖熱，身體裡逃避及懶散的部分，好像被磨掉了一些。看到一張照片，葉陶與農忙托兒所的老師小朋友合照。葉陶的模樣，一點都沒有「土匪婆」該有的剛烈善戰，而是一種熨貼在土地上的祥和。

晚上她喊著要吃保安宮前的阿明和阿卿，她挑起食物就一點都不笨蛋了，M知道跟著她吃不會錯。

阿明專售豬內臟、豬腳、鴨翅，佐麵線或冬粉，簡單卻極美味。阿明生意超級好，點碗麵線可能都要等二十分鐘，不是他手腳不快，是真的客人太多。但等候的客人卻從未發出一句：「還要多久？」因為阿明都記得，完全不需要單子或叫來叫去，即使手邊動作沒停下過，阿明仍親切熱絡招呼客人，專注、俐落、幽默、自得，聽他與客人講話算錢，是美食之外的享受。

隔壁的阿卿杏仁茶也是一絕。在微雨夜晚，熱杏仁茶拌上生土雞蛋，蛋香與杏仁香和著濃稠的口感，再加一根油條或一塊酥餅。老闆娘阿卿即使在做小吃生意，永遠一襲復古的碎花洋裝，踩著微高跟的涼鞋，像是洋裁店的師傅，動作熟練而優雅，臉上帶著雍容端莊的笑，而不是刻意招呼的殷勤笑容。

他們又走到海安路，找了家啤酒屋坐下，夜深了，店裡只有他們一桌。外表粗獷的老闆收養了幾隻流浪幼貓，而廚師則翻出一大疊相簿與他們分享，裡頭都是他到日本自助旅行，尋訪城市鄉間大小餐館的照片。

晚上，她睡床，M打地鋪。他們不用溝通地各就各位，躺在她旁邊落差六十公分處的M開始幫她上課，「我跟你說，你跟男生相處不要太兄弟，不然，對方很容易就把你放到哥兒們那一格，你想翻牆都沒辦法咯！」

「可是，這樣說吧，如果男人覺得我是男人，那麼我喜歡的男人就要是男人中的男人啊！」唸起來像繞口令的字句，聽起來最有哲理了。

M說那來個情境題好了，喔耶她最愛演了，摸摸頭髮，拉好衣襬。「劉小姐，我可以請你吃個飯嗎？」「好啊！」她嘴巴張得連補了幾顆牙都一目了然。「不行，你這樣太乾脆了！」唉，還說女生煩，其實是男生很煩。「我不要玩了。」翻白眼，別過頭。M像個精神分析師，「你看，你這時候又太女生了！男生最受不了女生情緒化。」

「那我到底是太男生還是太女生？」「你是應該像女生的時候太像男生，應該像男生的時候太像女生。」太好了，又一繞口令。她感覺，這一串以「為什麼我銷不出去」為開頭的對話，就要得到解答了，那就是：不是她的問題。

好兄弟M開始安慰她：剛剛你跟那家啤酒屋的廚師不是兩個人窩在最邊邊，又玩貓又看手機照片，兩個人聊得好甜蜜好開心，我聽你講話都變娃娃音了，那樣不是很好嗎？

喔，是啊，那個好可愛的小gay廚師。她又翻了個白眼，不敢相信M的gay達如此差：「那是姊妹啦！」

4.我是說如果

隔天早上，他們吃肉燥飯魚丸湯當早餐，喝雙全紅茶，逛後火車站的成大校園和舊書店。中午搭火車到橋頭，換高雄捷運到橋頭糖廠，曬足陽光，繼續搭捷運到美麗島站，換車到西子灣，鼓山碼頭坐渡輪到旗津，吃烤魷魚吹海風觀落日，再坐渡輪回鼓山，嗑盤海之冰水果冰，接著又搭捷運到左營，搭高鐵回台北。

她玩得很開心，她很感謝M。回程高鐵上，兩個人像高中生參加救國團旅行的歸途一樣，睡翻了，一直回到台北車站要換捷運才醒來。

他們住在同一條線上，但M比她早兩站下車。他們仍耍著嘴皮，快到M他家那站時，M說：「我陪你坐過去再坐回來好了，反正不用多收錢。」她很直覺地說不用啦，你累了你趕快回家吧。M嚴肅地，叫著她的暱稱：「劉EE。」E是她英文名字的第一個字母，M已經很久沒這麼叫她。

「你可以跟所有人說不用、不要，但是我要你練習對我說好，你要開始練習對人說好，那是一種接受與被接受，一種很好的感覺。」M突然太嚴肅了，劉EE眼淚掉下來。

她家那站到了。他們一起出了車廂，M要到月台另一側搭車。M說：「如果，我是說如果……」她很剛烈地打斷M：「不要，不要說，這個真的不要說。」M懂她的意思，點點頭，閉上嘴巴，上了車。他們經過兩天一夜小旅行，揮手說再見。

自己走回家的路上，她知道M「如果」兩字後面不管接什麼，都將不成立，也都沒有意義。如果我跟你回家？或如果你跟我回家？如果我們重新開始？如果我們十年前沒有分手？如果我十年前不要那麼爛或你不要那麼倔強？如果你不要什麼都說不要？

她想說，兄弟啊，別忘了我們經歷過完全不聯絡的八年，互相怨恨的八年，看到對方來電就按掉，看到對方來信就刪掉的八年啊。能夠再次當朋友，當兄妹，已經比在歐兔版遇見真愛還難幾百倍了。一趟小旅行不可能改變什麼的，我們還是得承受各自的人生。

這次她可以很篤定地說「好」。這樣就好的好。

此時此地

1. 高野山的雪

去高野山只是一個念頭，看到旅遊節目介紹，查了行程，買了機票，就去了。

以前我頗為自豪的一件事，就是睡眠像在壓鬧鐘，壓下就睡，彈起就醒。這次卻完全行不通，早班飛機，出發前一夜幾乎沒睡著，翻來覆去，索性不睡，三、四點起來沖麥片煮咖啡。到桃園機場已經呈混沌狀態，便把自己切換到自動導航模式，在此模式之下的我，認路開車、入關領包、買車票找月台，都不會出錯。但若要回想「怎麼來到這裡的」，也打死想不起來。

因此，我慢慢清醒過來的時候，已換過兩輪電車，下一站就是高野山線的終點站極樂橋。看窗外，山巒疊翠，山谷裡偶出現一叢一叢紅色與橘色的葉，小站月台旁的民家院子裡，葉子掉得一片都不剩，枝幹上卻結滿橙紅果實的柿子樹。是很美呀，但是我來這裡幹嘛？火車沿海拔攀升，植被換成筆挺的、像從地心長上來的杉樹，是很美呀，但是照片拍回去會不會被說：「你不是要去日本嗎？怎麼跑到溪頭去？」以上，就是一個又冷又睏又餓的偽背包客真歐巴桑，睡眠不足併發的滿腹疑惑。

鐵道的終點站：極樂橋站，連我，只剩六人了。其中一位是僧侶，跟隨他上了纜車。

這座建造於一九三〇年的高野山纜車，月台與車廂座位呈階梯狀，工程感覺比香港的山頂纜車更艱難。就是它，把我完完全全拉上來了。

纜車在五分鐘內要沿四十五度的山谷上升三百多公尺。每上升一點點，皚皚積雪就擁上來一點。最後，整條鐵道都變白的。雪落下時是毫無分別心的，看它飛落在什麼物體上，就成了不同的風景，時疏時密。兩側的參天大樹上，頂著一朵一朵銀白色的積雪，枯枝則一根一根如茂盛的銀花。就是這條鐵道，讓我知道，我來這裡幹嘛？

我來這裡，就是為了來尋找，我為什麼來這裡。

冷，也是毫無分別心的。為什麼下雪讓人心頭澄洌，眼下柔美，而下雨卻讓人鬱悶煩躁？我挺住快凍僵的臉與手，把圍巾不斷往上包，最後只剩眼，靜看大自然的包容。

2. 曼谷的大象

我跟過一次旅行團，就那麼一次。

大一升大二的暑假，我和哥哥一起參加了泰國曼谷加芭達雅旅行團。出了機場，每天都是遊覽車接來送去，完全不知身在何處，標準旅行團行程：摸完大蟒蛇看過鱷魚秀騎完大象見識過人妖假奶也食過幾頓魚翅燕窩後，便是皮包工廠珠寶工廠之旅。我與哥哥既消費不起也興趣缺缺，下車後就直接坐到工廠外廊下吹風打盹。

幾年後，往昔那個供旅遊團買珠寶看人妖的曼谷，搖身一變，地鐵與空鐵四通八達，按摩店全改叫SPA或resort，曼谷的新標籤是創意、時尚、享樂。網路多了許多曼谷通，泰達人，任何分類冠上個泰字，就飄散出東南亞熱帶的慵懶與熱情：泰好玩，泰好吃，泰好住，泰享受。曼谷幾乎成了小資女性的後花園。

在泰風潮之下，我在跟團行之後八年，也到曼谷自助旅行。日逛創意市集，夜做全身去角質，新曼谷，將記憶中模糊的舊曼谷完全覆蓋，直到，跑出一隻大象。

那晚，我坐在最熱門的NANA站十一巷吃牛肉湯河粉，穿了低襟襯衫露出金色胸毛的西方男士，與穿極短裙的黑長髮泰國健美辣妹，一對對手勾著手，絡繹於街。酒吧舞曲震天價響，氣氛卻像烏托邦一般祥和。

我怡然自得地吃河粉，桌上有無窮無盡的辣椒、檸檬、豆芽菜和九層塔任你加。吃著吃著，路邊突然出現一頭巨碩的大象，彷彿穿越時空的奇幻電影。

當然，牠不是從動物園或從叢林迷路到這裡來，跟在後頭的主人，正兜著一袋吐司皮，要遊客買了餵大象。生意非常差，拍拖的拍拖，吃麵的吃麵，無人理會大象。

大概是，曼谷變成自助旅遊城市後，遊客們再也不跟旅行團去動物園看大象了。

主人們就想，沒關係，你們不來，我們去總可以吧。於是帶著他的大象到酒吧街裡來，這隻天涯淪落象就像沒落的貴族，在燈紅酒綠中無聲遲緩移動。

大象，也成了我記憶中新舊交疊的曼谷，殘存的一抹幻影。

3. 木柵菜市場

起先是被那老闆娘的造型吸引了。頭戴聖誕節麋鹿耳朵髮箍，五、六件不同顏色的雕塑曲線衛生衣與收腹提臀束褲全穿在身上，其餘啥都沒穿，在攝氏十二度的菜市場，隔壁堆成一座座小山的日式冷凍火鍋料結著霜，冒著煙。「妹妹來看看喔！」妹妹，這稱呼我喜歡，遂走近攤位。

「拿起來拉拉看，超彈性，二十到四十五腰都可以穿！」老闆娘蹲低，兩隻手伸進下盤的束褲裡，兩邊各撐開十來公分，「還是這個，你看！馬上就有事業線喔！」俯身喬奶，托高集中。糟了，人家表演得這麼賣力，得找個好理由。

「噢，我不習慣穿太緊的。」

「不會啦，這你來穿不會緊啦昨天有個小姐也胖胖的一次就跟我買了五套……」

「也？」我校稿挑贅肉，喔不是，挑贅字似地抓住地雷。

「喔不是啦，你不胖啦她穿都不會緊了你穿一定沒問題啦……」

「呃，沒關係，我有需要再過來。」訕訕笑了笑，往前走。抱歉了，阿姨。我原就打算只逛不買。而逛菜市場，僅僅是我為連日用品內衣褲都來自網購宅配的生活，撐開彈性的方法。

4. 倫敦的食物

倫敦第二個早晨，想起我阿公。

想起我小時候阿公要教導我們成為有惜福美德的農家子弟時，就會說：「我們以前都吃番薯配蘿蔔乾耶！」現在，面對倫敦平價旅店的早餐：冷牛奶、冷穀片、冷吐司，很想打個越洋電話回鄉下老家，告訴他：阿公，人要惜福，熱騰騰香軟綿密的番薯，配上脆辣有勁的蘿蔔乾，是多麼好吃的食物啊！

先回想我前一天吃了什麼。早上，冷牛奶、冷穀片、冷吐司。接著出門，在那真的彷如下水道的地鐵（tube）裡竄行，再上到大街，狠狠走了一天：泰晤士河畔、倫敦鐵橋、聖保羅教堂、千禧橋、泰特美術館、倫敦眼、西敏寺。中午，在公園找了一條陽光灑落、鳥語花香的長凳，打算野餐，但，要吃什麼？

從地鐵站小鋪、超市即食櫃到咖啡館外帶區，一排一排冷而無味的三明治對我翻白眼，像在說著：要吃不吃隨便你。我堅持一定要找到熱熱、鹹鹹、最好帶點辣的食物，找到一家連鎖日本外餐店，一盒盒營養不良的冷握壽司，謝謝再聯絡。熱食櫃裡，一杯杯裝好保溫的沖泡式味噌湯，要價五英鎊，在台灣可以喝二十杯。

費了一番力氣，找到一家印度小食攤，玻璃櫃裡的食物我認得：samosa，咖哩餃，我問：可以幫我加熱嗎？店員說當然。當然，是用微波爐。我拿著油炸麵皮包裹咖哩馬鈴薯與蔬菜的咖哩餃到公園坐下，配一罐蘋果汁，寒涼的胃終於得到暫時滿足。

晚上，當地朋友請客，在英式酒吧。我入境隨俗點了炸魚薯條。災難的開始。是熱的，但一樣無味。有惜福美德的農家子弟再顧不得禮教，吃了三分之一便停下，對主人苦笑佯稱：很好吃，只是我太飽了。

回到旅館，我第一件事是上網向一位曾在倫敦留學的朋友懺悔。她回國時，說到在倫敦最常吃的食物是台灣帶去的肉鬆，配上白米飯。我當時露出鄙夷而不可置信的表情。現在我知道，在倫敦，能有一碗冒著煙的晶瑩白米飯，攪上一點香酥肉鬆，是多麼幸福的事。

5.家住雪隧旁

台灣人有種很強的名詞簡稱能力。「網拍」，不是網球拍，是網路拍賣；「中美」是中杯美式咖啡，但「大美」，指的卻是寵物大型美容。高捷，是高雄捷運，恰與性格男演員同名；雪隧，看上去很美，像是隱藏在高山深谷裡，經年積雪的小村落。但其實，它是一條穿越雪山支脈的隧道，連結台北與宜蘭，最常與之同時出現的名詞是：塞車。

雪隧通車隔年，我就搬到了雪隧起點的小村落。那是一種被遺忘的快感，當人們汲汲從台北到宜蘭去，自然不會想在這腹地狹小、僅有一兩家賣店的村落停留。因此，這兒不會塞車，房價不會漲，且十分寧靜。

但也許隨著塞車實在太嚴重，隨著節能減碳宣導成功，隨著單車與重型機車俱樂部風行，這山村走向台灣無數旅遊鄉鎮的命運：平日靜寂寥落，週末人聲鼎沸。而我也必須認清此事實，是的，我住在觀光風景區。

住在旅遊區有什麼缺點呢？所有的店家都為遊客服務，平常日吃不到東西，而假日，得與遊客爭食。其實街上不過兩家食堂，賣最樸實的家鄉菜，而今最流行的，是沒有菜單沒有標價，讓你如回到家吃飯一般，感到親切溫馨且物超所值。我曾帶朋友去吃，結帳時，卻發現，是狠狠地值超所物了，我不甘心被削，不知哪來的勇氣跟店家理論：「喂！我是在地人咧！」店家回以：「攏同款，沒有收遊客比較貴！」那家店，當然不再去了。偶爾路過，還是會見到人群滿到門外來的昌隆景象。

平常日，整條街便如謝幕後的舞台，拉下鐵門。魚肉、蔬果、麵包，都得外地開著車運進來賣。記得剛搬進來的那個下午，還在拿著美工刀拆箱整理，突聽到樓下傳來麵包車的廣播叫賣，好像回到童年住的鄉下。麵包一排排放在廂型車後面，開進僻遠村落，在傍晚沿街兜售。

我興奮地跑下樓去，買了，吃了，其實不新鮮也不好吃。漸漸，切斷對重返童年夢土的幻想，也切斷因應遊客的消費模式。家，就真的是個家了。

6. 孟買機場一夜

我們一定是太興奮終於來到了印度，才會沒有看見機場大門上的告示牌就跑了出去。

這時是凌晨一點鐘，孟買機場外卻熱鬧如早晨的菜市場。護照上已有合法的印度簽證，距離欲轉乘的下一班飛機還有八小時，託運行李都已拖往目的地，如此，走出機場晃蕩一下，說不定包輛車來個市區三小時夜遊，或是附近找個二十四小時營業的小店吃點咖哩與甩餅，都比在機場裡乾坐著等要好吧。

然而，這兒是印度，有許多你搞不懂的規矩，例如，走出機場前有個牌子寫著：「一旦出去不准再進來，轉機者請留在機場內。」但，來不及了，我們走出來了，與多位外表良善或奸惡的掮客交戰過一番，得到的結論是，從孟買機場到市區，單程就要兩三小時，再返回，恐怕錯過飛機。也就是說，除了機場，我們哪裡都去不了。

但更要命的是，這兒是國際機場，轉往果阿（Goa）的班機，得到國內機場搭。若乖乖留在機場內，有接駁巴士送達。既然走出來了，就好自為之。問了不同的人如何前往，有人說，走路就可以到，有人說，得搭計程車（當然他會再補上一句，我朋友有輛車在等著），有人說，搭我的嘟嘟車吧。

最後這人看起來最不像騙子，跟他到了停車處，卻發現車子竟然沒有煞車，空車正沿著斜坡往下衝。

我們只好選擇計程車，談好價錢，但真正上車時，又變成另個價錢，多了二十盧比。花錢消災，在印度只能不斷這樣催眠自己。黑漆漆的路上，沒有一盞燈，但依稀可以知道，我們正在穿過一座貧民窟。計程車突然停下來了，司機下車不見蹤影，我們面面相覷，安慰對方要沉著時，來了個衣衫襤褸打著赤腳的婦人，抱著小孩，從車窗探進手，不斷重複：「美金，給我美金。」

聽說一旦你給一塊錢，後面就會再跑出一打來。我們幾乎是狠心閉氣、撇頭、祈禱，終於，司機回來了。幾經波折之後來到孟買國內機場，然而，起飛前兩小時才准許進入候機室。又是另一場，與印度當地人、世界各地修行者、背包客，搶能坐能臥的走廊空地的硬仗。想坐椅子，沒問題，付個一百元，到貴賓等候區。但，裡面除了椅子，啥都沒有。

忘記它吧。也忘了我們是受邀來參加影展的貴賓，在地上癱了吧。

7. 神保町 Erika

朋友說Erika關了。我始終不信，純粹覺得應該有個地方，像它那樣不會消失。

七年前，京都七天之後，再回到東京，旅行的電力已耗盡。不想逛街，不想購物，甚至，不想看人。最好的方法，找家咖啡館坐下，不再動，便到書店翻旅遊雜誌，看見《散步達人》特輯正好就是「東京咖啡時光」，翻開第一頁，忍不住小小聲驚呼，耶，正是侯孝賢導演拍《咖啡時光》的場景：Erika，原來就在神保町舊書街裡。

坐地鐵到水道橋站，出來，便可見舊書店林立，很快找到在巷子裡的Erika，服務

生、吧檯裡煮咖啡的老闆，皆是昭和時代老紳士。一桌桌看來皆是熟客的顧客，年紀也都不小。有時，專服務熟客的咖啡館會給人隔閡，但Erika裡的「熟年感」，卻讓整家店顯得溫暖、世故且柔和，即是我這樣意外闖入的外來旅者，都不感覺尷尬唐突，中間我甚至還把書包留著，請老先生幫我看著，出去附近的書店遛達。

七年之後，重返東京之前，上網查了Erika。果然，在我造訪後不久，老先生過世，店就收了。但是，在馬路另一頭的巷子裡，老先生弟弟開的分店，仍在營業。我找到了。外觀與店內裝潢風格、家具幾乎一模一樣，兩家店隔著白山通相望。我在兩家店中間來回走了兩遍，毫無目的，只像是要銜接起這七年。

8.天秤座之夜

那是我唯一喝到酒後失憶的一次，所以忘也忘不了。

三個天秤座：D、P和我同住一屋簷下，另一個天秤座A要去科羅拉多讀書了，在我們的公寓餞行。A向大廚D點了菜：紅酒牛肉與馬賽魚湯，D好厲害，全部變出來了，還加碼了九層塔炒蛤蠣，我對這道菜印象深刻，是因為出菜時我與P已東倒西歪，但我們人來瘋玩起了走直線比賽，端著熱騰騰香噴噴的湯汁幾乎要滿出來的盤子，規定要沿著瓷磚的直線走，看誰走得直，湯湯水水滴滴答答到腳丫地板。

四個人都窮，隨便亂喝。那時覺得絕對伏特加就已經高級得不得了，加檸檬汁、加雪碧、加柳橙汁，還是醉不了就喝玫瑰紅加蘋果西打，最後再補上幾手台啤。喝到四個人語無倫次，大笑大叫，排隊進廁所去吐，一個進去還大叫：「剛剛是誰吐的為什麼不沖水?!」酒沒了，A說：「去外面吹吹風吧！」四人起身，走到門口，有一人黏在地板上說：「我不行了，你們去吧！」那人就是我。我最後聽到的聲音是他們喀啦關上門，記憶就到這邊。

醒來已天亮，我躺在床上。出房間，A已回家，P在洗碗，D在拖地，我們三人互望，又大笑了好一會。D遞給我麥克筆與伏特加空酒瓶：「簽名吧，剩你還沒簽。」不知誰已簽好日期與標題「天秤座之夜」。

那絕對與純粹，至今，伴著我們十一年了。

9. 中國人

我盡量這樣去理解他們。

就好像是二十年前，台灣開始富了，尚勇健的外公外婆跟著農會或老人會團到東南亞觀光旅遊，回來時八、九個孫子都有一套印花民俗服飾，八、九個女兒媳婦都有皮包和絲巾。

可是我還是盡可能沉默地繞過了他們。日本福岡商店街的藥妝店人滿為患，門口大聲公中文錄音重複著：全部七折，銀聯卡可以用。巴黎拉法葉百貨退稅櫃台旁，一個挨一個名牌大紙袋，紙袋的主人一個挨一個坐在樓梯上，捲著褲管，嗑著瓜子，方言吱吱嘎嘎。峇里島庫塔沙灘，台南赤崁樓前，台北101大樓旁，他們看展覽似的，瞥過法輪功揭發暴行惡狀的受虐照片。敦南誠品書店前，幹部模樣的幾個大男人，從紙袋裡抽出各個版本揭露毛澤東或蔣介石私人生活的傳記，邊抽著菸邊把封面撕去。他們已有一套呼吸自由空氣的法則，在旅程中。

峇里島候機室裡，三兩大媽用免稅品購物袋占了一排椅子，兩個人高馬大的歐洲女生過來，強悍又睥睨，用英文說：「這是給人坐的，不是給你的袋子坐的！」逕自把袋子丟到地上，大剌剌坐下。我心裡飄上一絲竊喜（活該，遇到壞人了吧）時，看見大媽卑微、無辜而溫吞的眼神——那絕對來自農村，正與我的外婆姑婆嬸婆們相同。

村上春樹說，永遠站在雞蛋那一邊。然而，此時此地，我不知道誰是雞蛋，誰是石頭了。

10. 高樓酒吧

有位女生朋友跟我分享她的旅行「儀式」：到一個新城市停留，找個晚上到它高樓層的飯店酒吧，點一杯調酒，看城市燈火。這樣的高樓飯店住宿自然要價不菲，睡不起，一杯酒總還負擔得起，就當是小小奢侈。

我大多一個人旅行，做這事兒總覺得少了一點興致。直到洛杉磯之行，當地朋友帶我去了威斯汀酒店的旋轉酒吧，我才開始我的高樓酒吧收集計畫。其實，回想起來，也不完全都是夜景多絢麗或調酒多好喝，而是那種儀式感，會使得那個夜晚特別難忘。

去威斯汀那晚很冷，我們雖有喝一杯的預算，卻不打算把車停到高級酒店昂貴的停車場，因此，在洛杉磯夜晚的冷風中多走了幾百公尺路。威斯汀的建築由四個圓柱大樓組成，造型討喜，約莫四十樓高的酒吧就在連結四根圓柱大圓盤上。點調酒，可以選建築造型杯子，喝完帶走做紀念。飽覽夜景後，乘梯下樓，在洛杉磯的大樓群中走往停車處，冷風颳起落葉，我緊抓連帽外套的兩根繩子，冒風抖擻前進，而點點燈火就在我們頭頂與身後。那時忽有一種與洛杉磯的夜晚融在一起的感覺。

另一次是高空酒吧選擇非常多的曼谷，我選了可全覽昭披耶河的蓮花酒店酒吧。據說曼谷是唯一一個沒有河岸步道的大城市，河，直接連著五星級飯店或連著住家。由高樓俯視，隔著一條大河，兩岸燈火變得柔和許多。那晚，一向不太聊自己家裡事的朋友，輕描淡寫說起他早逝的母親，我喝著酒，安靜傾聽，我們之間彷彿有條河，隔岸觀火，卻真誠自然。

最近一次，是自己一個人的巴黎之旅。第二個晚上，我就到了蒙帕納斯大樓的五十六樓，等待落日與天黑。登樓之前，先繞過去附近的蒙帕納斯墓園，可惜去得太晚，已經關門，鐵門與圍牆都三公尺高，翻也翻不了。到了五十六樓，靠窗的位置只剩一個座位，坐定後才發現正對整座墓園，沙特與波娃都在那兒，我點了沙拉、麵包與一小杯紅酒，吃著吃著感覺有點像在祭祀祖先。

天色漸黑，鐵塔的燈亮了，觀光團蜂擁而至，導遊擴音器分貝擾人，我卻感到寧靜。我想，是因為我已在高樓與文學靈魂們乾了杯。

旅行指南

1.要不要有伴？

布魯日是個精巧迷人的小鎮，無奈一直下雨。

第三天上午，天氣略有轉晴徵兆，我趕緊下樓詢問民宿主人租借自行車的資訊。他攤開地圖，指引著自行車出租店的位置，向我說明這家有給年輕人的優惠價，接著，他突然抬頭，問我：「你滿二十六歲了嗎？」

這客氣的問句把我拉上雲端，我喜孜孜地回問：「你覺得呢？」他露出為難而靦腆的笑容，聳聳肩說：「很可能還沒。」我猜我的嘴角已上揚到法令紋原形畢露。他接著說：「因為很少有超過二十六歲的人，還自己一個人旅行。」

的確，跨過了可使用國際學生證享受各種優惠的年紀，似乎也意味著得放棄一人背著大背包獨飛或搭火車穿越數國的旅行方式，去參加較舒適的、較豪奢的旅行團。但我正好相反。隨著年紀增長，愈明白要一個人適應另一個人是不可能的事，要兩個人以上一同決定一件事，更會花費許多時間與脾氣。而旅行，一睜眼，面對的是無止境的選擇：要去哪裡？要吃什麼？要走路還是坐車？那座要買門票的廟宇要不要進去？鐘樓上面聽說景觀很好要不要爬上去？

有次與一位朋友同遊雲南，一人一只大背包，宿最陽春的青年旅館，我玩得開心，以為他也是。結果，旅行的第十天左右，我們大吵了一架。在麗江古城外的束河古鎮，他想搭馬車繞一圈，我不知是為了省錢還是覺得太像觀光客（我是後來才學會自在享受當名觀光客），我們竟為這事在街上大聲爭吵，我記得他不客氣地說了一句：「就是不好玩，才要找些好玩的啊！」原來對他而言，由我主導的行程並不有趣。最後我讓步，接下來的吃住遊玩都聽他的，其實不用作主，我反而感覺輕鬆許多。

然而，我卻清楚記得，那天大吵過後，我們一前一後走在石板路上，看著地上被陽光拖得好長的兩個影子，我開始預謀潛逃，我不斷放慢腳步，讓兩個影子的距離愈拉愈長，幻想一個拐彎之後，我們就分道揚鑣，永不相見。

大概是這一未實現的歹惡念頭，讓我漸漸成為獨行的旅者。

2. 算不算觀光客？

電影《愛在巴黎日落時》（*Before Sunset*）裡，男女主角在巴黎重逢，當伊森・霍克一時興起要跳上塞納河遊河渡輪時，巴黎人茱莉・蝶兒不依：「那是給觀光客坐的！」

非常弔詭，自助旅行者規畫行程時，不知是血液裡的孤高因子作祟，還是怕花錢當冤大頭，看見旅遊書上寫著：「只有當地人才知道」、「一般觀光客不會去」的祕境或小店，總是趕快拿筆記下，作為自己的私房景點。然而，卻沒想過，自己不過仍是以觀光客、外來客的身分去尋訪一遭，真正的當地人，是不看旅遊書過活的。而因為書上介紹，再透過網路部落客強大的傳播力，也許原本只有當地人才去的小店，也漸漸成為遊客趨之若鶩的名店。

台南赤崁樓對面有家日本料理店，永遠客滿，永遠需要排隊，座位從室內排到了室外，再排到人行道上，店員點菜、送菜、收桌子已分身乏術，自然沒有閒工夫幫你帶位，想吃的，自己看準了哪桌即將吃飽離座，趕緊接棒坐下。

我們一群人從台北下來台南，看見這排隊景象，嚥了幾下口水，自然坐下來大快朵頤。食物水準中等，但價位的確是便宜。吃飽後，一位家住台南的朋友來與我們會合，他有點嗤之以鼻：「你們怎去吃那家?!那是給觀光客吃的啊！」我大笑：「我們本來就是觀光客啊！」

我以前的確很怕走觀光客路線，後來才驚覺那樣將失去許多樂趣。例如：到了巴黎不看鐵塔不坐塞納河遊船，去舊金山不看金門大橋，去洛杉磯不去好萊塢踩踩明星足印，那麼旅程的確會顯得有點空虛。我的折衷方法是，除了旅遊書上羅列的有趣景點店家之外，另外再請極熟悉或生活在該城市的朋友，提供幾個他們推薦的點，若時間允許，排出一天請他們帶路遊玩。

但最驚喜的，總是書上沒寫，沒朋友推薦，自己無意間探訪到的地方。在布魯日的最後一晚，我憑感覺走進了一家小餐館，僅老闆夫妻兩人經營，先生管外場接待，太太是廚師，氣氛溫馨，餐點更讓人驚喜，雖不知下次來布魯日是何年何月，我偷偷地把它納入祕密名單。

3. 會不會被騙？

我猜想，曼谷的詐騙集團應該有本教戰手冊，而那手冊最基本的句型就是：沒有開（not open）。

走往昭披耶河渡輪碼頭的路上，一位當地人好心詢問我們：要搭船嗎？一開始沒戒心回答說：是。這位老兄說：「現在水還不夠高，船沒有開。要不要我送你們一程？」語氣自然又懇切，但，不必了，難保你要把我們載到哪個紀念品工廠。

出了碼頭，往臥佛寺，接二連三的「好心人」告訴我們：「臥佛寺沒有開，我帶你們去逛另一個佛寺吧！」謝謝了，老兄，你們不知你們已被寫入旅遊書的「tips」嗎？——提防旅遊區的詐騙集團。攔計程車欲往中國城吃飯，計程車司機顯然也研讀了教戰手冊：「中國城沒有開，帶你們去另外一個夜市吧！」當然，我們二話不說掉頭就走。

有朋友同行的旅遊，我還會有點興致，停下聽聽這些騙子能有多少有創意的說法，結果句型千篇一律。若是我自己一個人走在異國路上，永遠是背包背在胸前，緊緊抱著，避免與人四目相接，對多餘的關懷與問候，皆假裝聽不懂。對方會試圖用英文、中文、日文、韓文叫住我，等到他叫著我也聽不出是哪國語言時，我也差不多擺脫他了。

但，總有更高明的騙子，朋友到阿根廷旅遊，有天走在街上，一對和藹的老夫妻從後頭跟上，說：「你的衣服被鴿糞滴到了！」轉頭一看，果然有白白綠綠的污穢物，老太太好心拿出紙巾為他擦拭。朋友想著，阿根廷真是個溫暖的地方。回到旅館，發現皮夾裡的現金全都不翼而飛。原來鴿糞是他們的同夥從高處撒下來，而老太太在擦拭時，老先生已輕巧地把皮夾從口袋取出，拿走現金，再不動聲色地放回去。朋友去警局報案時（當然只是求吐一口氣，知道錢是追不回了），連警察都大嘆驚奇。

在比利時的百貨公司購物時，我想這兒還算安全，便把背包背到背後去。才幾分鐘，一位看起來真的是善心人士的少婦提醒我：你的背包開了（這回是open，不是not open）。我趕緊抓過來看，好險，只是前袋的拉鍊被拉開了，而我前袋只放著衛生紙和地圖，我想，若扒手身上有紙筆，一定想留張字條給我，寫著：你還真窮。

4.要不要住很好？

很奇怪，人不是會自動遺忘苦難的記憶，保留住美好的嗎？怎麼要回想起住過的高級酒店：跟房間一樣大的浴室、光可鑑人的高級石材雙槽洗手台、大面落地玻璃正對港灣夜景、一躺上去人都要融化的大床……我並沒有太大的感覺，向人描述時，也只像翻著印刷精美的ＤＭ般地一閃而過，留下三個字：很高級。

記住細節的，反而都是那些陽春破落的。

如四季林道切上南湖北稜的雪地營地。八人隊伍，走到天黑，雨雪齊下，抬頭只見灰茫天色下的無垠雪坡，不見路跡，領隊下令緊急紮營，兩頂帳篷倉促搭在雪地上，八人先擠一頂帳，裹著睡袋，速速吃過簡便晚餐，鍋具盛雪進帳篷，待融化作為明天的行進水。領隊往女生帳篷丟進一只鋼杯：你們半夜若要小便，別出去了，在棚內解決吧。

儘管都是共患難的姊妹，要在狹小的帳篷裡，互聽尿聲，互聞尿味，還是難為情。我忝為學姊，身先士卒，出帳篷，光腳踩在雪地上，迅速解決，進來時，告學妹曰：很冰啊！換學妹出去，帳篷外傳來她的聲音：不會呀，不冰耶，咦？怎還溫溫的？啊！學姊，我踩在你尿上啦！

那晚，身體與雪地隔著羽毛睡袋、睡墊及帳篷的薄底，不得仰睡，只能側著身體，待一邊凍到受不住了，另一邊也暖和了，就這樣，如煎魚般地重複換面。隔天早上收帳篷，底下兩池小湖，被我們的體溫融出來的。

又如雲南中甸的青年旅社，一床位十五元人民幣，只剩上鋪，無所謂，我高原反應，吃了藥，頭昏目眩，只求一夜好眠。下鋪住著一廣州來的背包客女生，性格爽朗，半夜攀梯下床上廁所，卻一腳踩進她以肥皂水泡著貼身衣物的臉盆。不知是我的腳比較抱歉，還是她的衣服比較不好意思。

浴廁皆無門無燈無沖水設備，上完廁所，得提水桶到戶外水池打水，自己沖淨，然而，入夜後溫度陡降，水池上已結冰，沒關係，旁邊就有一木棍供你把冰擊碎，取底下的水。我不敵暈眩，蹲在排水溝邊狂嘔，吐完，卻無比清明，對大自然臣服了，猶如重新開機。

這些畫面在記憶中，應該是毫無照明的，但卻隱約有光，想必，是月光吧。

家鄉給了我什麼

1.桂圓蛋糕

每次，在台北講彰化或聽見別人講彰化，我都有種小時候美勞課拿半透明描圖紙映在風景名畫上的感覺。這張描圖紙，可能是高鐵再轉電聯車兩個小時的車程，可能是高速公路兩百多公里的距離，也可能是離開家鄉到城市生活十五、六年的隔閡。

第一次有這種感覺，是看到美食節目在介紹彰化名產寶珍香桂圓蛋糕的時候。

我看著電視裡員工戴丟棄式抗菌手套與浴帽，工序嚴謹而標準化的生產線，一點都與印象中那飄著奶油香味，僅一對老夫婦看店，在彰化市郊路基低陷處的小小餅店聯想不起來。直至畫面裡巨型烤箱打開，排得整整齊齊的杯子狀的小蛋糕冒著煙，描圖紙彷彿被拿開，桂圓香氣瀰漫開來。

寶珍香與我家分別在彰化北邊與南邊，車程要三十分鐘，媽媽和阿姨們常輪流去買，一次買回幾十個分送親友。有次小表妹學校有活動，阿姨一次要買一兩百個，便打電話去：「我們也買過好多次了，這次數量這麼多，能不能幫我們送來呢？」結果，那天傍晚，寶珍香的老先生騎著摩托車，從彰化市騎到田尾（約三十公里），後座綑綁著比人高的貨架，裡頭是一層層的小蛋糕，阿姨看了反倒不忍心，連忙說不好意思。

又如北斗肉圓，這是離我家最近的小吃，我們從小吃到大。北斗肉圓在媽祖宮周邊有不下二十家，都叫北斗肉圓，唯一區分的是圓圈裡的老闆名字，代表正字標記。有趣的是，光我們一家人，就各有所好。阿公喜歡肉圓火，大伯喜歡肉圓儀，我和大部分親友則喜歡肉圓瑞，問原因，我們只會說：「呷起來就是不同款！」肉圓瑞的哥哥叫肉圓生，是眾肉圓攤中最有商業眼光的，搬到明淨敞亮的三角窗店面，與連鎖咖啡館結合變成複合式餐飲店，果然吸引觀光客大排長龍，但套句我媽的話：「變作安呢我們就呷不慣習了。」也許對母親來說，新式店招與裝潢，亦是在凌亂有味的小吃街上，罩上了一張描圖紙。

有回接了台灣美食簡介短片的拍攝案，寫文案寫到肉圓時我才猛然心虛，吃了三十年，想要用文字介紹它時，竟仍得求助google。這時我才發現，肉圓瑞已有官方網站、一目了然的網購流程與宅配系統。這種感覺就好像google到我阿公的部落格一樣。

家鄉終會與時俱進，它會變成美食達人部落格裡的試吃開箱文，會變成石化工業的環評案。每次我回到家鄉，拿去描圖紙時，我總覺得看到的，不只是鄉人務實篤定的生活態度，還有一個卸除武裝的自己。

2. 九層塔

小時候第一次吃鹹酥雞，是九層塔換來的。

哥哥升上小學高年級，到鄰鎮補習，下課後帶回油香四溢的紙袋，他說叫鹹酥雞，妹妹與我分得最後的兩小塊，連紙袋角角的油渣子都不放過。有一陣子，九層塔突然爆貴，哥與鹹酥雞老闆不知怎地談成協議：你帶九層塔來，換鹹酥雞甜不辣給你。

九層塔怎麼要花錢買呢？家裡旁邊的田地上，野生的就好幾叢，鮮綠茂盛。哥哥放學回來，甩下書包，說：快！幫忙摘！兄妹三人拿著鋁盆，在叢叢九層塔間穿梭，哥哥一邊匆匆扒飯，待補習班交通車叭叭兩聲，九層塔倒進塑膠袋，接下來，便是等待兩三小時後這廂型車再度開進來，下車的哥哥手裡將有一紙袋。

到都市一人生活開伙後，才知道，對，九層塔不但要花錢買，而且有時真的很貴。興起從家裡挖了小苗種花盆裡，種了幾回，死了幾回，算了，還是到超市冷藏櫃買包裝好的吧。九層塔麻煩的是用不多，中式的薑絲虱目魚肚湯、西式的番茄義大利麵，頂多幾片葉子配色提味，但少了那幾片還真的失色失味。剩下的放在冰箱，兩天全黑，也只得丟了。

後來，我乾脆勤勞點，趁九層塔還新鮮，加松子、蒜頭、橄欖油，打成青醬，分裝小罐丟冷凍庫。九層塔要一片片洗淨瀝乾，松子要先乾烘，做著這些細瑣的動作，常常覺得，我想保留住的，也許不只是九層塔而已。

3. 水圳

那天我和哥哥跌進了水溝。忘了是他還是我的生日，媽媽在鄉公所的幾位要好的同事，下班後拎著蛋糕來慶生，結果媽媽和阿姨們騎著偉士牌要拐進家裡時，看見兩個全身是爛泥巴的小小孩，站在水溝裡哇哇大哭。

這條大水溝由更前方的水圳分出來，流過整個村子，拐過一個彎後，又變成小排水溝。小時候阿公阿嬤帶著我們把玉蘭花樹的葉子放進水溝裡，讓蛆把葉肉食盡，撈起來做葉脈書籤。家裡的花生田，就在水圳邊。播種或收成時，我們跟著阿嬤挑著扁擔到田裡，送點心給阿公吃，在田邊堆起土堡，在水邊摘野果子吃。韋恩颱風吹倒了家裡三合院的正身，也吹垮了跨在水圳上的橋，重建後公所請村裡的百歲人瑞阿祖去剪綵。堂哥帶著我們躲到橋下，用尖石子在新橋上刻自己的名字。

我一直不知道該如何報答這條樸實無華的水圳，只是拍片時，很直覺地，把它當作重要的場景。在好多場座談裡，好多觀眾告訴我：那水圳好美。《父後七日》在日本上映，日文版海報的主視覺，就是這條水圳。

今年，在這條水圳的南方幾公里處，有另一條水圳被官商挖了暗管輸給工業區，農業用水被切斷。它們同樣來自濁水溪，分流予彰化平原的田地。藝文界發起聲援農民，我在都市裡跟著按讚或連結，卻感到失落。畢竟，那是我所有生命源頭的連結。

4.卡帶

我的第一台卡帶隨身聽，也是我的最後一台，那是我國小的畢業禮物。對我們這些成長於八〇年代的彰化鄉下小孩來說，全新腳踏車與卡帶隨身聽，是轉大人的指標。

在這之前，只能用家裡的攜帶式收音機，就是黑人嘻哈青年喜歡扛一個在肩膀上聞歌起舞的那東西。如果記憶也有所謂的形式與內容的話，收音機或隨身聽，只是個「形式」，在我的記憶中，作為「內容」的卡帶，才是盤據童年到青少年歲月的主角。

從我國小三、四年級到國中畢業這漫長的時間，我和同學們有個「自製卡帶互助會」，作法很簡單，只要去買捲空白帶，放在錄音機裡，每天專心聽中廣流行網，播新歌的瞬間，趕快用兩根手指壓下兩個鍵（對，上面紅紅一點的和三角形的），歌曲播完的瞬間，再趕快按停止。我還曾經寫一張「錄音中，勿打擾」的大字報貼在房門口，免得媽媽來叫吃飯。「新歌金曲自選輯」裡，陳淑樺接著林憶蓮，曾淑勤接著孟庭葦，心愛的歌手上節目訪談也一併錄下。同學之間可以互通有無，就跟現在拿隨身碟摳mp3一樣，只是時間要一比一。

只是，我完全記不起來那時用的動詞是什麼了，不可能是「幫我存」、「借我燒」或「摳給我」。八〇年代就在卡帶慢慢轉動中流逝，成長階段似乎也對應著科技發展——國中畢業的禮物，是一台CD隨身聽了。

5.地瓜葉

還好是電話採訪。

幾年前在當記者時，許多台北文化人遷居花蓮成為新移民，為報導這股花蓮熱，我採訪了一位女作家。電話那頭，高亢聲音興奮說著：「你知道嗎？有天我去買菜，賣菜阿婆竟然是帶我去田裡摘耶！」我沒跟上語氣末了的驚嘆號，愣了半拍，好險沒莽率憨直說出閃現的想法：啊菜，不是本來就種在田裡嗎？

這是我第二次深刻體會到，我是一個鄉下人，在台北。

第一次是大一升大二的暑假，在師大商圈的餐館打工當外場服務生，但我更喜歡趁空到廚房幫忙洗洗切切，看大廚師傅拋鍋甩鏟。有天幫忙掐地瓜葉，我照著從小到大跟阿嬤去田裡的摘法：只留末端嫩綠的「心尾」，其他梗葉全丟掉。老闆娘進來，嚇了一跳，一邊搶救地瓜葉一邊哭笑不得跟我說：「我以為鄉下小孩都很惜福咧！」

那餐館後來像是我在台北的家，與老闆夫妻情同家人，好多年生日在那邊過。幾年前它歇業了，現在偶爾走過舊址，經過那鐵皮搭建的廚房，還會想起那天與老闆娘的對話：「那你們在鄉下，這些剩下的地瓜葉怎麼辦呢？」十九歲的我認真思考了這個從沒想過的問題，歪著頭回答：「就，留在田裡呀！」

6. 圖書館

高中聯考和大學聯考的最後一個月，我都一個人在小鎮圖書館的自習室。不去學校的集體自習，不去補習班的考前衝刺。每天早上收好課本參考書測驗卷，媽媽削好一袋蘋果，騎摩托車把我丟到圖書館門口，給我一點午餐錢，傍晚再來接我。

那自習室很大，幾十張大桌子，沒有隔板，也沒有個人專用檯燈，每張坐六個人，沒什麼國中高中生，大部分是抱著國父思想與行政法或其他專業領域的熟齡考生，人人守分自持，安靜得只聽得到吊扇運轉聲。

大學聯考前，有次去得晚，沒位置了。一位以前功課不太好的小學同學看到我了，速速把他散漫翻著的技職考前祕笈捲一捲，站起身，揮揮手要把座位讓給我。我不好意思極了，卻又暗爽在心內。他用台語小小聲跟我說了句：「給你讀卡有效啦。」我呵呵傻笑。

過了五分鐘，有人拍拍我肩膀，是那同學回來了，他遞給我一盒黑面蔡楊桃汁，沒說一句話，笑笑走了。我不知怎麼感謝他，攤開一張英文模擬考卷埋頭作答，彷彿只要讀得更賣力，便對得起這個位置了。

7. 蘋果

哥哥是家裡的長子，家族的長孫，出生即集所有寵愛於一身。長輩們講了三十多年，一吃蘋果就講：一碗陽春麵五塊錢的民國六〇年代，爺爺會去買一顆五、六十元的日本蘋果，用湯匙慢慢刮成泥，餵食尚在襁褓中的哥哥。兩年後長女我出生了，似乎就沒這種待遇。

不知潛意識裡想補足口腔期的缺憾，還是太早讀到英文諺語：「一天一顆蘋果使醫生遠離」，大概從小學開始，我就一天一顆蘋果。

國中考前衝刺留校自習，媽媽天天準備一袋削好泡過鹽水的蘋果；高中外宿，週末才回家，媽媽每週日上午必去市場補齊蘋果，我傍晚返回學校，就拎著五顆蘋果去搭火車，三年從不間斷。到現在，一個人生活，冰箱裡從沒斷過的就是蘋果，旅行途中也常啃蘋果充飢。也就是說我活到現在已經吃過至少七千顆蘋果了。

前陣子看英國名廚史奈傑的回憶錄《吐司》，他說：「不管生活多麼糟，你不可能不愛為你烤吐司的那個人。」我想，如果每個人生命中都有一樣「吐司」的話，我的，無庸置疑，就是蘋果。

他們先走了

1. 大偉的桌子

聽說大偉是在那張桌子前倒下的。

他正與趙少康討論中廣的行銷創意，忽一陣暈眩晃搖迷茫，不見痛苦，趙少康說，反像鋼琴家演奏至渾然忘我境界時的表情，大偉抓了筆，在紙上寫下：「從沒有過這樣，可能是腦溢血。」

那天是二〇一〇年九月三日。他進了醫院，沒再出來過。

大偉對我來說，是大哥的大哥。這稱謂的第一個「大哥」，指的是倪桑，大偉二十年的哥兒們。

兩年多前，倪桑領軍在華山創意園區辦心靈體驗節，籌備期間，我們開會開了又開，到處體驗了又體驗，在茶道裡放慢呼吸啟動副交感神經，在家族排列裡藉角色扮演釐清關係，在奧修動態靜心裡放肆吼叫以洗刷過往創傷——但，我們就是找不到那個「點」。對，文案裡說的「catch」。倪桑像是掀開一張預備了很久的底牌，說：「走吧，找大偉去。」

大偉公司那時還在保安街，那好美的老建築裡。我們一行人像來緣桌求字的善男信女，報告上述種種心靈體驗，大偉似不以為意，與我們東扯西扯，閒話家常，忽一會兒，他拿了紙，大筆一揮，寫下一個字：「亂」，慷慨其詞：「就是亂，現在就是什麼都亂，你們才要搞這東西！」

得到了！因為世界亂，社會亂，心也亂，迷惘、憾恨、焦慮、不安，所以要來體驗、紓壓、清理、沉澱。

回去路上，我們戲稱，大偉那張擺上四張長板凳的訪客桌，好像神桌，好像伏在上面求一求，就會得到神祇指引。我好奇他的工作桌長什麼樣子，也是這樣乾淨淨，一紙、一筆、一杯茶嗎？倪桑笑答：「神桌是問事用的，需要作法，才帶到裡面去嘛！」

更神的是，幾個月後，年度漢字票選出爐，第一名，正是「亂」字。反向思考，你要風風光光我給你好屌，你要心靈平靜，我給你亂。這就是大偉。他周圍「心靈掛」的朋友很多，動不動有人邀他修佛法打禪七，他始終鐵齒不依。但這之後不久，倪桑拿著一本《當下，繁花盛開》，說：「不可思議吧！大偉送的！」大偉讀到什麼好書，從不嚷嚷推薦，最乾脆的，直接訂一箱，分送給親朋好友。

培養正念，在生活中覺知，修練當下。倪桑欣喜大偉終於「通」了，卻沒想過，這是他收到大偉送的最後一本書。

而我，從沒想過，第一次站在大偉「發功」的工作桌前，竟就是他火化的前一天，他的老朋友們正幫他籌備一場畢業典禮攝影展，倪桑找我去，「幫忙想幾個字，寫幾個字」。辦公室裡，四周是書，全是廣告、創意、行銷類書籍，桌上仍攤著一本歐巴馬選戰分析書，黃色螢光筆一絲不苟地在重點畫線。牆上，大大小小的舊照片、騎單車的隊旗、一大串擔任各種廣告獎評審的識別證名牌……大偉的老戰友何超英說：「他啊，是連實習生送的一根鉛筆，他都會收得好好的。」

這一創造出無限經典廣告的小房間裡聚納的，不只是創意，而是情義。

公司搬家了，那張四四方方的問事神桌，仍擺在一進門的位置。聽說，大偉是在那張桌子前倒下的。

我忽想起，在更多年前，我還是到處幫報刊雜誌採訪的自由文字記者，就曾與大偉坐在那桌前，聽他聊，生活在台北。回家後，找出舊稿，有幾段讀了，還是流淚了。

請他談台北的好。他生動興奮地說：台北的有趣，台北的好，就好在一小時車程裡能到達的地方，實在太多了。日前，在宜蘭礁溪買了地，帶著兩個兒子去種樹，埋好種子，要兒子學《龍貓》裡的小孩，在種子前張牙舞爪一番，以祈求樹快快長大。

談台北最喜歡的一道菜。他說有一年生日，還在公司加班，夜裡，小兒子小馬騎著腳踏車來，手裡晃著一只便當盒，裡頭，裝著北平都一處的炸醬麵。「這就是我最愛的一道菜！」他嘴角泛著幸福的微笑，眼裡閃著感動。

聊如何在台北尋找創意，大偉說：「要讓自己隨時都想探險！當你閉著眼睛都能走一條路的時候，趕緊，換條路走！」

大偉上路了。能在自己的桌前倒下，是何等幸福的事。此等從容的揮別，我們相信，他一定走得自信自在，如踏上探險的新旅程。

2.葉青的衣櫃

有位老男人問我那些老男人品味是從哪裡學來的？他指的是，紅酒、雪茄、音響、爵士樂、古典樂、單一麥芽威士忌。

其實我根本就沒學成，我不是那塊料，沒天分，也沒心思，只是跟著喝著聽著。在哪喝？在哪聽？在一位叫葉青的朋友家裡，她總是從她房間衣櫃裡不斷搬出這些東西來。葉青是T。一位很有品味的T。

那是好多年前，我們覺得離三十歲還好遠的時候。葉青是我第一份工作不同部門的前後期同事，但我們會熟識的主要原因是，她那時的女朋友是我高中學姊。葉青家經常收留我們這些成天鬼叫的異性戀或同性戀女孩兒。

我常叫著老天爺請給我一個成熟穩重又有品味的男士吧。葉青對我說：那你就先跟我學這些東西呀。我跟著她去品酒會，我生日她送我雪茄，去她家玩時她就開最好的酒，放最精密錄音的黑膠唱片。我駑鈍分不出好壞，喝著艾雷島單一麥芽威士忌，說聞到泥煤味好像小時候在打預防針；喝好高級的波本酒說怎麼有點像甘蔗汁，她還哈哈大笑誇我有天賦。我和其他朋友喝醉了就躺她家沙發睡覺，她會幫我們蓋被。

要說那時候我們到底有多要好？有件事可以估量。父親過世時我匆匆回老家，把台北租屋鑰匙宅急便到她家，是她和學姊去幫我餵貓。

但後來，就如許許多多的友誼，因為搬家，因為換了工作，因為有了臉書不再上BBS，因為身邊的伴不一樣了，愈來愈少聯絡。而和葉青還要再加上一條，因為她住院了。

她從少女時就受憂鬱症所苦，偶爾狂暴發病，常往她家跑的那段時間，應該是她狀態最好的時候，她常叼著雪茄，侃侃而談當年「起肖」（她真的用這兩字）過程給我們笑。

我不記得葉青住院多久。她出院後，我們見過一次面，約在復興南路吃麻辣鍋吃到飽。我們都愛吃蘆筍，一大把一大把地下。中途，我拿盤子去補料，回座時，看到鍋裡熱湯沸騰翻湧著，而蘆筍就被捲在這充滿中藥香料肉末渣滓的紅油海浪中，漸漸失去原本的翠綠。我想說欸葉青火關小一點吧，但我卻看到她失了魂魄似的，呆呆看著鍋子。我沒說一句話，坐下來，夾那已黃掉的蘆筍起來吃。與其說是我不忍心提醒她什麼，不如說是，我不知道怎麼跟生病的人講話。我帶著怯弱，與她吃完那頓飯。而那是我最後一次看到她。

四年後，二〇一一年四月，她的前女友，我的學姊，在臉書上留言給我：「我想應該讓你知道。葉青走了。我猜你沒有上ＢＢＳ了，所以在這裡告訴你。」

對，因為沒有上ＢＢＳ了，我完全不知道葉青離去之前幾年，是什麼樣子。葉青啊，還好我這分不出酒種的笨蛋也記不住太多種密碼，我成功地重新登入你的個人版了。我不是為了要看你用什麼方式結束自己的生命，也不是要看你現在的朋友如何哀悼，我是要找那篇文章。

你曾經寫著「如果我死了，就用ＸＸＸ牌單一麥芽威士忌，與ＯＯＯ牌雪茄拜我，那我就含笑黃泉了。」的那篇文章，當時只是戲謔之言，用來表達你對這兩樣東西的無限愛戀，而今竟然變成事實了。我把ＸＸＸ和ＯＯＯ抄在便條紙上，出門去洋酒雪茄行。

那時是晚上，我打算先買好，隔天早上就送去殯儀館對面，你的家人為你設在人本公司裡的牌位前給你。開了半個多小時的車到市區，找到那家你曾經推薦過的店家，停好車，走進店裡時，我知道我又要白癡了。那張便條紙沒帶出來，而我不可能記住那一長串洋文。那時沒換智慧型手機，無法上網，我也不知道可以找誰在電腦前看一下。最快的方法，確定老闆不會太早關門，趕快開車衝回家一趟。

車子第二次從家裡開出來，開進高速公路的隧道，不是會塞車的時間，卻不知是施工或事故，突然堵死了。靜止下來之後，我好像跟塞車賭氣似的，坐在駕駛座上，開始哭起來，一邊留意車流行進速度，腳板收放著煞車。那是唯一一次，我為這位早逝的朋友而哭。送別之後，正常過日。

後來我才知道，葉青最後幾年勤於寫詩，有發表在詩刊，也有出版計畫，所以她離去時，留下的是「天才詩人」這樣的身分，我猜她是欣喜的。我沒刻意去問其他朋友她選擇告別的方式，卻在一篇詩評中看到了，是燒炭。

在哪呢？我不禁回想她家的格局：客廳、兩間大房間、浴室。我一邊幻想，會是在她那一座鑲嵌式的衣櫃裡嗎？在那藏著許多她所謂人生美好事物的密閉空間？而一邊又抑制著自己，不要去想，什麼方式都一樣，不是嗎？

正如她的詩寫著的：「**不要想念我／我的軀體已在墓碑之下　／至於你認得的我／將成為漫長夏日的涼風　／或風裡的砂／盡力避開你的眼睛。**」

流理台前的冥想

1. 咖啡

馬哥說他教我煮咖啡是因為看準了我個性裡的三大特質。第一：愛享受，所以學會煮咖啡一定會去買很好的豆子；第二：沒耐性，一定玩個幾次就不玩了，那些昂貴的豆子怎麼辦呢？第三，慷慨：全部拿來送馬哥。

馬哥是我大學時第一家打工咖啡館的老闆，我在他的店裡學會了喝黑咖啡，玩過幾次那好幾個玻璃器具組起來的虹吸式咖啡爐。愛享受、沒耐性、慷慨，對，馬哥真瞭解我，只是順序錯了，這次沒耐性跑到第一位，我沒學會玩咖啡。

第一台美式咖啡壺是信用卡學生卡的贈品。大三，從宿舍搬到外面，有第一張信用卡，開始自己煮黑咖啡。這好像是某種成年儀式，跟喝加糖加奶三合一即溶咖啡的那個小妹妹說再見。十幾年過去，我依然停在美式壺的技術，咖啡只是飲料，只求不酸澀不辣口，甘醇可入口。人家說曼巴最剛好，就這樣喝了十幾年。

過了二十五歲，下午五點以後不能喝咖啡，否則晚上一定睡不著。有次和一群不很熟的朋友吃應酬晚飯，吃飽後找家咖啡館繼續聊天，我點了無咖啡因的花草茶，有位女生很吃驚地說：「你不喝咖啡喔？你是作家耶！」

那時我突然覺得有點對不起作家這個職銜，也突然對馬哥升起了遲來的歉意。

2.早餐

我幾乎不在外面吃早餐。無論咖啡館、美而美、便利商店，或傳統豆漿店。

曾在以週末早午餐聞名的咖啡館打工，站主廚台。一早備料，兩個超大平底鍋擺定，一鍋下了滿滿的牛番茄，一鍋煎二、三十根德式香腸，待單進來，便是昏天暗地的蛋料理，荷包蛋、水波蛋、炒蛋，那陣子，到了看到蛋就會怕的程度，只敢久久吃一顆滷蛋。

於是，對悠閒的週末早晨陽光下的布朗曲（brunch），總有戰場般的陰影，拋鍋甩鏟，汗水直落，外場催促，抽油煙機轟隆響。只有自己在家時，才是真正悠閒的，只為一個人做的早餐。

如果可以，盡量不開伙。我最喜歡的早餐是生菜水果沙拉，撒上點堅果，淋點油醋或優格，配杯果汁，最後再以咖啡作結。搬到郊區山城後，有時早餐相當簡單，下樓散步到百年豆腐店，買了剛出爐、還溫熱的豆腐，配上極濃稠的豆漿。冬天，早上起床只想喝碗熱湯，逼不得已時，我會開了湯廚罐頭，加點洋蔥馬鈴薯紅蘿蔔，佐一塊麵包，或是前一晚先做好一鍋南瓜濃湯，早上只需盛一碗到小鍋裡加熱。

當然，並非所有早晨都悠閒，若必須出門得早，前一晚先買好麵包或蛋糕，咖啡裝進保溫杯，帶在車上吃。有陣子風行地瓜早餐養生法，我也跟風，還特地跑去買了各品種的地瓜，一次蒸好數條，每早稍稍加熱，很省事。但一週過後，卻發現體重上升，便不敢再試了。

3.平底鍋

對許多大廚或資深主婦而言，除了又深又重的鑄鐵鍋，其餘都不叫鍋；新聞曾報導不沾鍋材質有化學毒素，我就有朋友每次或煎或炒，堅持用不鏽鋼鍋，做菜後寧可費力用菜瓜布刷洗難免局部焦黑的鍋底，也不願用不沾鍋，因為怕有毒。食器安全固然重要，但我覺得人心惶惶，只是徒把做菜變成嚴肅無趣的事。我是平底不沾鍋的愛好者，純粹因為：習慣。

每個離家獨立生活的女子，最早的烹飪配備一定是一個電磁爐，一只單柄小鍋。餓了可以煮泡麵（是不是一個愛做菜的人，可以從大學時吃泡麵來判斷：是真的只用熱水「泡」，或一定要在鍋子裡煮並且加青菜貢丸雞蛋），冬至可以煮湯圓。待搬到一個有流理台、瓦斯爐、抽油煙機的小窩，「煮」，可以進化成煎、炒、炸。平底鍋就是這時進入我的生活，至今無二心。

我有各種size的平底鍋，直徑小自可以剛好煎一顆渾圓的荷包蛋，大至可以煎六人份牛排。淺的煎蛋餅時好翻面，深的炒四人份義大利麵沒問題。但我最常用的，是約莫二十四公分寬的鍋，正好可以煎蛋捲、做義大利麵與燉飯，中式的燙青菜、番茄炒蛋、蔥爆牛肉絲，或年節才有的煎蘿蔔糕、炸甜年糕，甚至，偶爾想奢華一下，煎塊特級牛排與鵝肝，都是這只平底鍋搞定。

平底不沾鍋之所以成為爭議烹調器具，還在於它搭配的工具。我的平底鍋也有很多慣常搭配使用的好朋友，但沒有那麼多禁忌，不鏽鋼夾、膠鏟、木鏟都用。我覺得最好用的是十元烤肉夾，有人會擔心，那不鏽鋼材質不是會刮不沾鍋的底嗎？嘿，重點來了，夾子是要用來撥動食物的，不是用來刮鍋子的，食材不是建材，並不需要強大手勁。坊間有許多耐熱塑膠鏟，我有時在朋友家看到融化變形的鍋鏟，也不免心驚，但它是用來翻食物的，不是用來放在鍋邊烙烤銷融的。當然，要最安心的，就是木頭鍋鏟。

若冰箱裡有一點番茄、起司、九層塔，或洋蔥、蘑菇、彩椒，我就會想做蛋捲，omelet，這往往在飯店自助式早餐的蛋料理台才會看到吃到。有些人的作法是分兩次，先炒好內餡，再煎蛋，待蛋快熟時，在中間放料，再包裹起來。但我習慣一次解決，蛋打好之後，放入切好的食材同攪拌，一起倒進鍋裡。煎蛋捲時只需用夾子在蛋液邊緣輕輕撥動，將已成形的撥進來，將未熟的蛋液往外滑出去，如此多回，一個蛋皮便成形了，為了保有濕潤感，但又不是「沒熟」，與火候「不熟」的朋友，不妨以中小火來料理即可。捲成扎實的筒狀，需要多次練習，剛開始做可以拿鏟子將一邊鏟起，對摺，做成半圓形，熟練以後，再慢慢使之成「捲」。不管哪一種，只要抱著淡泊態度：散掉破掉了，大不了做成炒蛋，好玩就好。

我最常用平底鍋做的另一道菜是牛排。只要熱好鍋，將牛排往裡一丟，一分鐘後翻面，再一分鐘，關小火之後，兩面再各一分鐘，就是五分熟牛排，偶爾奢華加片煎鵝肝，撒點松露鹽，就是犒賞自己或宴請朋友的高檔佳餚，這在餐廳裡要價不菲，但自己買了相同的食材來做，花不了太多錢。有時朋友進廚房一看，驚訝問：你就用這只鍋啊？彷彿看到賽車手開March。我點點頭，反而不知該羞赧還是驕傲了。

4. 彈性素食者

「你們練瑜伽練久的人，是不是都會變成在有機店裡挑三揀四的師姐道姑？」朋友快人快語地問我。我很想回他說：「你媽啦。」但基於瑜伽人要修心修口，所以我只能不情願地蹙眉嘟嘴。但又一想，是的，沒錯，我已經漸漸不太吃肉，買個全麥餅乾都會看成分熱量標示表看半天，如果菜單上有「酥炸培根香煎雞柳蘿蔓凱撒沙拉」和「現烤核果當季鮮果綜合田園沙拉」，一定會選後者。

也就是說，漸漸的，會被說吃得「很仙女」或「很養生」。但那並不等於吃素。例如說，如果今天菜單上的素食選擇是人工添加劑與素料製成的素魚素肉，那我可能寧可選「看得到原本樣子」的清蒸或乾煎魚排。簡單講，與其說是吃素，不如說是吃簡單料理的食物（simple food）。

在瑜伽的經典裡，並不特別硬性規定茹素。但可以依據兩個觀點，來成就「瑜伽飲食」。一是瑜伽戒律第一條「不傷害」，不屠殺其他動物來滿足口欲。可是有趣的是，不傷害，也包括不傷害自己真實的感覺，例如說，今天身體明明很想吃肉，卻強迫它去吃素；或是一群朋友要聚餐，之中有九位素食者與一位不吃肉會死的人，九位以群眾壓力強迫吃肉者不准吃肉，在瑜伽包容的觀點中，這都是傷害。

第二個觀點是，瑜伽將食物分為三類：悅性、變性、惰性。悅性的蔬菜水果帶來輕盈，變性的刺激性食物，如：咖啡、辣椒，帶來活力刺激，惰性的肉類則帶來穩定安逸。因此，在吃每一餐之前，傾聽身體的聲音，今天需要多一點什麼，去平衡攝取，才能達到身心和諧。

二○○三年，由瑜伽練習者提出的新觀念：彈性素食者（flexitarian）於焉誕生。這個字彙在當年度被美國字彙協會（American Dialect Society）選為最佳新字彙，而在今年八月更被正式收入韋氏字典。

說文解字容易，麻煩的是，到哪裡吃才能滿足彈性素食者呢？台灣愈來愈多生機飲食店都有沙拉吧或現打精力湯，雖纖維足夠，能量充沛，但它的缺點是「太冷」；傳統秤重計價的素食自助餐店，幾乎都是大鍋熱油炒成的菜餚，且仍不乏素魚素雞等看不到原本成分的素料。

這時，我就會懷念起峇里島烏布，雖然旅遊書上強力推薦烤豬飯、烤鴨餐與豬肋排，但其實烏布有許多方便瑜伽練習者用餐為主的咖啡館。較餓或嘴饞的時候，一碗扁豆南瓜紅蘿蔔湯，一壺香茅茶或香料奶茶，一塊無澱粉（塔皮以全堅果取代）藍莓優格塔。不大餓時，一碗水果優格沙拉，或一碗水煮蔬菜撒很多堅果。下午時段想補充活力，可以喝一杯玫瑰豆蔻拉西（lassi，一種印度優格飲料）或薑汁蜂蜜熱檸檬。

這幾年，台灣開始有些蔬食創意餐廳，但大多走中高檔路線，並非日常生活可天天享用，也不是可一個人吃帶了就走。所以我經常在麵攤配出我自己的彈性素食餐：加了薑絲的地瓜葉湯、涼拌茄子或秋葵、油豆腐，偶爾想補充肉類就再來個燙嘴邊肉。我常想，黑白切攤子那一目了然的小菜櫃，清燙白切，不過度烹調，其實，好像就是起源最早的simple food哩。

5. 培根炒小松菜

黑夜之後，我在東京山手線巢鴨站旁的Denny's餐廳坐下來。

雖然村上春樹在《黑夜之後》裡面說，「在Denny's值得吃的只有雞肉沙拉而已。」

但是，在日本旅行十多日下來，攝取的蔬菜類竟都僅來自：味噌湯漂著的幾朵蔥花、握壽司旁的一撮甜薑、炸豬排下刨得細細的一層高麗菜絲。再吃下去，實在對不起我這個在老家飯桌上動輒有滿滿一大盤燙地瓜葉、一大盆清炒絲瓜的彰化平原的胃。

於是，當我看到立著的餐牌上，竟有一盤炒得油亮的深綠色葉菜時，自然忘記了雞肉沙拉。用十幾天來點菜的招牌動作與基本句型——指著照片，向服務生說：「請給我這個。」

這道菜叫培根炒小松菜。小松菜（Komatsuna），又叫冬菜、雪菜，最早在江戶時代初期，於小松川附近栽種，因而得名，其實，就是台灣的油菜。培根炒熱後，滲出薄薄的香腴肉汁，加入小松菜，大火翻炒，即可起鍋。菜梗爽脆鮮甜，搭上培根耐嚼的微焦邊邊，口感富有層次，但仍簡單清爽。

回台灣後，經常自己做這道菜，好吃之外，更大的原因是，它也可歸到三分鐘上菜的懶人食譜裡。後來發現，原來超市裡也有賣「日本種小松菜」，只是每束售價比「省產油菜」多出一倍。很故作風雅地買過一次，發現吃起來幾乎沒有差別，也就，繼續我的「培根炒油菜」了。

6. 黃豆芽與豌豆苗

我從沒在他面前說過身心靈這些，我們就如正常剛開始約會的男女一樣，聊些吃喝玩樂。但那天，他突然說帶我去金山法鼓山。他說風景秀麗又可以健行，我們沒談到任何宗教話題，只當成踏青，坐在禪寺外頭打情罵俏。有位出家人帶著一群企業人士繞園導覽，經過我們身邊時，剛好說了一句：「慈悲才有大智慧。」

從北海岸回到我家，我進廚房快速弄了晚餐，水餃與小菜。我最常弄黃豆芽與豌豆苗，因為清洗方便，不需動刀動砧，且一鍋水燙好兩樣菜之後，正好接著煮水餃。黃豆芽拌腐皮、蒜苗、醬油、辣油，裝小盤。豆苗撒點鹽之後鋪盤底，水餃起鍋，直接下在豆苗上。綠底之上有白胖元寶，配色好看，也可以平衡一下只吃到肉與澱粉的餃子餐。

他直說我手藝好，我說唉呀這都是很簡單的東西啊。他說：「簡單的東西能做得好，是因為慈悲。我們下午在禪寺聽到的慈悲。」我裝三八地說謝謝師兄，把一顆餃子餵進他嘴裡。

晚飯後，我送他下樓。

以前年紀小時談戀愛，偶爾，會想耍耍小脾氣，希望在分離的一刻，時間靜止。但這次，我告訴自己，要長大了，該分開的時候，都要笑笑說再見。當他車子開走的那一剎那，我第一次感覺到，整個人空了，好像只能定在路邊，看著車子消失。腦筋一片空白，無法思考。我甚至沒去想，是不是因為我祈禱的時間靜止靈驗了？

但我卻看著他的煞車燈亮了，車不但靜止了，還倒退了。他倒車回到我身邊，拉下車窗，說他從後視鏡看到我突然很不忍，他說：「不要難過哦。」說了兩次，我給他一個大微笑說沒事啦。他再度離去，我才又有了跨步的力氣。

我以為這次玄妙又震撼的經驗是來告訴我：心靈伴侶終於出現了！既然都約過幾次會，又吃過我做的菜，那後面應該可以順利發展了吧。

沒有。幾天之後他沒了音訊，寫信來說你值得更好的。我隱約知道，是他分手半年的前女友回來要求復合了。我想跟他說，馬的明明就是你喜歡她比喜歡我多這樣簡單又度爛的事而已嘛。

但我沒說出口。好姊妹說你應該去搶回來啊你這個俗辣！

搶得來嗎？

簡單的事能做得好，是因為慈悲。我還不到參透這句話的境界，只能繼續站到流理台前，燙簡單的青菜。如果這真是練習慈悲的方法，即使沒成就智慧，能燙出可口的青菜，也值得了。

CHANTIER
CREPES
SANDWICHS

瑜伽旅程

1.縫隙

我是晚上十一點五十三分出生的，出生證明上的國曆生日是當天，但是農曆卻已到了隔一天的子時。這個時間的縫隙，三十多年來好像時時在我身上作用著，造就很多兜不起來的時刻、場景、身分。如卜洛克小說主人翁馬修·史卡德的輔導人吉姆·法柏說的：「唉我這一生老掉牙的寫照，不是遲了一天，就是差了一塊錢。」或直白一點，台語說的：袂都合。

例如說，我在一家公司的對面住了七年，一直想去那兒上班，但苦無機會，但就在我搬到離那兒三十公里外的地方隔天，主管打電話請我去上班。又如我堅持不裝有線電視堅持了十多年，一位約過會的男生說：「我覺得兩個人週末晚上坐在家裡看電視，不錯哩！」馬上裝！結果那位男生就如彩虹般，轉瞬消失了。

但我好像也不怎麼悲傷。現在偶爾我開著電視新聞或旅遊台或日本美食節目一邊敷面膜或修指甲時，都會嘲笑起自己：男生不見了，我有了ＭＯＤ。就像跨過一條水泥地上的裂縫那麼容易。

有次我終於忍不住去問了算命師這個問題。我到底農曆生日要算哪一天？你們同業有人說前一天，有人說後一天？他把我的出生年月日時辰輸入看起來很厲害的八字軟體中，列印出前一天與後一天的命盤。這個宮那個星，我什麼都看不懂。

算命師端詳一陣，說：「你這個人啊，就像是站在門口，一隻腳在室內，一隻腳在室外。人家問你要出去嗎？你就說沒有啊我要進來。人家問你要進來嗎？你就說沒有啊我要出去。人家問你到底是要出去還是要進來？你就兩手一扠說：我想出去就出去，我想進來就進來！誰都不准管我！」算命師在白紙上畫一條線兩隻腳，一隻腳在線內，一隻腳在線外。抬頭問：「安捏你甘有瞭改？」

天哪，這不就是To be or not to be, that is the question嗎？

但這討人厭的傢伙確實是我。如果每個人都有生命功課，我的無疑是這道縫隙。我得想個辦法把它黏起來。

2. 這不是瘦身指南

瑜伽是什麼？

瑜伽在梵文原文裡，是連結、合一的意思。是身與心的連結，是個人與宇宙的連結。我在二十九歲時，突然發現我的身體與心靈之間有一條大裂縫。那是我給自己的二十九歲生日禮物，瑜伽會館舉辦的阿育吠陀（Ayuveda）研習營。阿育吠陀是古代印度的醫學，主張什麼人玩什麼鳥，喔不，是什麼樣的人就會反應在什麼樣的身體上面。研習營的第一天，老師發給大家一張量表，讓大家勾選，看看你是哪種人。

我勾完之後，人生問題豁然開朗。因為幾乎所有身體特徵選項，我都落在土向：

白皙圓胖、下盤沉重、容易水腫。這類人在性格上，傾向追求安定繁榮富足，害怕變動，但我一樣都沒有。我的性格完全落在風向：喜愛自由無拘無束，害怕一成不變。風向人應該要瘦骨嶙峋、輕盈窈窕、不易吸收。但我生出來就不是這樣。

那時，我知道我人生最大的問題了。那就是：裝錯身體了嘛！

我從小白白胖胖很好養，是大人們看到會捏臉頰那種，長大後就變成了個胖女孩，青春期時所有胖女孩的憂愁我都有；但後來又變得沒那麼干擾我，因為我一樣談戀愛交男朋友，而且該吃該玩的都沒比人家少。到了二十九歲前後，我才發現我內在有一種拉扯。總是喜愛自由，又貪戀安定；進入一段穩定關係，又連滾帶爬地逃出來；在職位上獲得長官肯定，卻又不甘心日復一日上班打卡。原來是身體與心靈互相看不順眼，一個要出去，一個要進來。一言以蔽之，就是：我是一個自由的靈魂被禁錮在一個胖妹的身體裡。

要脫逃的方式，很簡單，就是讓自己瘦下來。

一開始我想，亂世用重典，胖妹下猛藥。我去了時下很流行的中醫針灸瘦身，買了一期療程，瘦了一小圈，但是我不是太忙就是太懶，沒辦法一週三天去診所和一群小姐太太排隊。我便開始用自己的方法，規律練習瑜伽，盡量清淡飲食，睡前四小時不進食等等，體重逐漸慢慢地下降。作家談數字很庸俗，但沒數字沒真相，好吧，我一年瘦了十公斤，也沒有再復胖。

就占星學的觀點，二十九歲前後是土星回歸的一年，在這時生命會來一場大總結或大變動。而我在進入三十歲之前，成功拋卻了那個一不留神就會往過多碳水化合物和高熱量食物靠攏、困陷遲緩窒礙情境卻不自知的身體。

一位大哥說：「這樣才對嘛！我以前老覺得你比你寫的東西胖十公斤！」一位好姊妹說：「聽到你瘦了，我還想不要啊，你胖胖的很可愛啊，現在看到你，嗯，還是瘦下來好。」（唯獨把我帶大的阿嬤像看著自己含辛茹苦發好的白胖麵糰日漸消風，每見一次就心疼曰：「嘸通擱散啊啦。」）

對我自己呢？我感覺，心靈與身體果然接近一點了，它們不再像過去三十年那樣各走各的，我這當主人的，當然也輕鬆一點了。

3. 瑜伽與寫作

《瑜伽經》的第二句：Yoga citta vrtti nirodha，是我很喜歡的一句經典。照梵文字面翻譯的意思是：瑜伽是控制心念波動。而這心念波動又包括正確的知識、錯誤的知識、語言文字的妄想、記憶與睡眠。

讀到這句時，我不禁想，把「瑜伽」換成「寫作」兩字，也完全成立啊。寫作何嘗不是把這些心念波動控制下來，掌握安妥，才能把它轉換為文字。寫作者經常就是被這些知識、語言文字、記憶與夢境牽引的人，追著它們跑，如果不知如何控制與收攝，它就永遠是一閃即逝的念頭、飄浮的詞語碎片、無止境的胡思雜念、不停空轉的腦袋。

瑜伽靠著專注的體位法練習與冥想，來完全掌控這些不斷冒出來、殺不死、關不掉的念頭。而寫作也是透過安靜與沉澱，才有辦法把它們轉化成作品。《瑜伽經》的中譯本不多，加上梵文總是有如一個字就講完一輩子事般地簡潔而精深，對寫作者兼瑜伽練習者我來說，總是想著為它翻出精確而優美的詞句，卻始終力有未逮。

有天讀到《蒙田筆記》，他這樣形容寫作：「追尋心靈遊蕩的腳步，穿透內心最深處的雜陳意念，拾取那些攪擾心神的刺激之源並予以固定。」這，不就是「控制心念波動」最美最完整的註解嗎？

西元前三百年在印度被古代哲人帕坦伽利寫下的《瑜伽經》，在十六世紀的法國散文家蒙田的文字裡找到最貼切的解釋。作為一個追尋與拾取之人，我是最幸福的。

4. 瑜伽與音樂

瑜伽與音樂是分不開的。西元前，在古老印度傳承瑜伽，祈禱文梵唱就是重要的一部分，藉著聲音的共振，幫助身體穩定，也唱出祈禱與祝福。到了一九六〇年代，幾位印度靈性大師被引進西方，與反戰、解放、迷幻、搖滾樂等思潮結合，興起了風起雲湧的嬉皮文化。許多搖滾樂手（如：披頭四）來到了印度學習瑜伽，更有許多歐美年輕人，在搖滾音樂節上聽了一場瑜伽大師開導，或拿到了印著靈性大師照片的手冊，而走上修行與追尋之路。

因此，瑜伽音樂絕不是蟲鳴鳥叫流水微風而已，它結合了古老梵唱與搖滾精神，進入和平喜悅的流動。我常常因為音樂來挑瑜伽老師，一個好的瑜伽老師，就像一個好的ＤＪ。在靜坐時以西藏頌缽開場；在動態的練習裡，挑選充滿律動節奏的印度鼓音樂；而在靜態的舒緩伸展時，搭配女歌手的柔美吟唱。

除了練習時的背景音樂外，有種瑜伽練習本身就是音樂。它叫Kirtan，老師反覆領唱祈禱文，並加入樂手伴奏，通常是吉他、手風琴與鼓。Kirtan的字根在梵文裡有「切斷」、「斬斷」之意，指的是在唱誦中，切斷擾人事務，切斷喋喋不休的大腦，切斷源源不絕升起的雜念妄想。我常在Kirtan時不自覺地流淚，關掉大腦，就好像終於關掉一個隆隆作響的老舊冷氣機，四周終於安靜下來，靜靜地觀看冷氣機水慢慢滴淌下來。

我上過一堂有Live演唱的瑜伽課，大休息時，吉他手慢慢走進來，彈奏著簡單的和弦，輕輕吟唱梵音。那時，感覺到身體清明安住，幾可飄浮，像一顆水珠般從音節的尾端落下，融入純淨意識的汪洋。

5. 不傷害

規律練習瑜伽四年多以後，我決定上師資培訓，倒不是想教學，而是覺得，這趟瑜伽旅程似乎必須來到一個轉運點，把原本對瑜伽的「體驗」，轉向更深的「探索」。總有朋友發出不可思議的疑問：瑜伽，真有那麼神嗎？你真的沉迷下去了喔？

其實，最早學習瑜伽，動機非常單純也很表淺，只是為了舒緩長期面對電腦工作造成的下背與肩頸痠痛，但幾年之後，瑜伽成為我的信仰與依託，但與其說它是宗教，不如說它是一種需要天天操持鍛鍊的生活方式。

光是瑜伽戒律第一條「不傷害」（Ahimsa），這三個字，就讓我這些年來獲得太多太多了。不傷害周圍的人，所以學習待人寬厚；不傷害自己的情緒，所以學習心平氣和；不傷害過多動物，因此盡量素食。

而這些生活上與心智上的改變，來自日復一日瑜伽墊上的練習。在眾多瑜伽書籍與老師教誨中，讓我最受用的是兩句話，第一句是艾揚格大師（B.K.S・Iyengar）說的：「規律練習瑜伽，能讓你面對生活的動盪不安時，保有平靜穩定。」

第二句是我的老師阿南（Adnan Tahirovic）說的：「我不教你們去感覺這個感覺那個，我只教兩件事：一是當下，二是此時此地。」

瑜伽，給我最大的禮物，就是：時時刻刻安住在當下。

6. Ganesha

長期練習瑜伽的人，會開始涉獵印度神話與經典，漸漸地，也會認一位印度神祇作為自己的主神。我常常穿上面印有象頭神（Ganesha）圖案的T恤，那是我在印度、尼泊爾、峇里島等地旅行時買回來的。有次與瑜伽同學在討論「你的神是誰？」時，

JR線近距離きっぷ運賃表
期券・きっぷ・Suica
きっぷ・Suica

我卻沒有答案。老師問我：「不是象頭神嗎？」我有點不好意思：「我只是覺得祂很可愛。」

的確，象頭神有著圓滾滾的肚子，大大的耳朵，腳下踩著老鼠，造型很討喜，祂在印度諸神裡，是智慧之神，也是障礙祛除之神。但祂最讓我動容的特徵，是祂的象牙，祂其中一邊的牙齒，是折斷一半的。

印度偉大史詩《摩訶婆羅多》由廣博仙人口述，而把它用文字記錄下來的，正是象頭神。廣博仙人說：這可是要有不眠不休的書寫毅力。象頭神毅然決然地說：只要你嘴巴不停，我的筆就不停。這部史詩實在太長了，象頭神寫到筆斷了，但不能停，祂倏地拔下一邊的牙齒，當作筆，繼續寫。直到完成這部一共七萬四千句，一百八十萬個詞的史詩。

在這紙筆、鍵盤敲打與觸碰手寫板都如此便利發達的時代，但願我也有Ganesha書寫的勇氣與毅力。

（後記）我還怕什麼呢？

「你最害怕的事情是什麼？」

每每在座談會，都會突然冒出好厲害（猶如可以看透作者揣在心裡沒有說出口的那一塊）的讀者。

今年夏天在高雄市圖書館演講，最後的問答時間，一位年輕媽媽讀者站起來，幾乎背出收錄在《父後七日》裡的〈雲南書簡〉的最後一段，說那段讓她好感動，然後問我：「這個問題比較私密，你可以答或不答。我不知道我的感覺對不對，今天聽你演講，覺得你經歷旅行和瑜伽進修，跟那時候又不太一樣了。所以我想問你，現在，你最害怕的事情是什麼？」

不能不說心裡有頓時揪了一下，但畢竟我也是有經歷過大風大浪呵呵，所以我說：「畢竟我比那時又老了九歲，那時多少有點少女情懷。現在我最害怕失去健康，因為只有健康，我才能背上背包繼續去旅行，去寫作，去愛。」

台下好多位年紀更大的爸爸媽媽們認同地使勁點頭，但發問的讀者似乎有點失望，也許她沒有想要這麼健康的答案。

的確，有時與朋友們見面，當他們跟我說「你氣色好好哦」時，我都能聽出語氣裡不完全是讚美。因為健康似乎不是寫作者必備的選項。寫作者似乎應該印堂發黑焦頭爛額躁鬱相煎爆肝壞腎睡不著又吃不下，如此，才能在身體裡挖出一個個故事汩汩湧出的洞口。而我作息正常（偶爾還照著肝膽脾肺排毒時間），吃好睡好，每週規律練習瑜伽，下午五點以後不喝咖啡。

「你活得這麼健康，會不會寫不出東西啊？」朋友曾經這麼坦率地問我。我一度也猶豫，是不是應該把自己弄得慘一點，可是我只要熬夜或失眠，頭痛或心痛，就會整天腦袋像灌水泥，什麼事都做不了。

直到我讀了大衛·林區寫靜坐帶給他創作的益處。他說很多藝術工作者覺得活得健康快樂讓人作嘔，以為那樣就會喪失敏銳或創造力。事實上，創作者需要的是潛入內在，好讓自己把人類的境況看得愈來愈清晰。他寫道：「**假如你是個藝術工作者，你必須得瞭解憤怒，但不受其所限。為了要能創造，你必須有能量；你必須心思澄明。你得要有本事捕捉創意。你得強壯得足以對抗這個世界那不可思議的艱困與壓迫。因此，孕育出一個讓力量、清明思緒與能量滋生的所在——讓你得以潛入內在並加以活化——是有其道理的。**」

是的，活得健康不表示生命就從此正向光明，沒有憂愁。只要這世界的艱困與壓迫永遠在，反應在生活中的憤怒、悲傷、沮喪、恐懼、惶惑與焦灼就永遠不會消失。

例如說，幾年前有段時間，我曾陷落到谷底，慘到不能再慘，覺得自己根本就像失足掉進化糞池裡。

那時，一位難得回台灣的兄弟約我吃飯。在龍江路的居酒屋，我就著啤酒，哇啦哇啦對他傾吐出滿肚子大便，然後把頭栽在吧檯上，希望永遠不要起來，希望這個世界把我忘掉。

我這位心靈導師哥們從容地放下串燒竹籤，悠悠地開口，說：「我這樣問你好了，你最快樂的事情是什麼？」

我推直身體，眼睛一亮，幾乎不用思考就可以回答：「是寫出自己喜歡的東西。」

他雙手一攤，說：「這樣就好了啊，你還怕什麼呢？」

是啊。

我還怕什麼呢？

也是另外一次座談。我直率地說出：「其實我寫的不是什麼了不起的作品，能獲得共鳴與回響，是因為它剛好喚起了讀者的相同經驗。」台下又冒出一位好厲害的讀者，舉手回應：「寫作本來就不是為了要了不起，而是要創造感動。」我拍手叫好，全場掌聲如雷。

而事實上，感動豈是我創造的？

我只是透過寫作，把它抓出來而已。它本來就存在於世界萬物的孔隙或煙塵中，在每個人心中，在每一個或強悍絕對、或全福充盈、或崩壞鏽蝕、或靈光乍綻、或來去無蹤的，此時此地。

《此時此地》

【劉梓潔新書講座】

高雄市立圖書館右昌分館
時間：12／8（六）14：30～17：00
地址：高雄市楠梓區藍昌路72號

信義誠品 3F mini forum
時間：12／19（三）20：00～21：00
地址：台北市信義區松高路11號

誠品園道店3F文學書區
時間：12／22（六）15：00～16：00
地址：台中市西區公益路68號

誠品台南店B1書區舞台
時間：12／22（六）20：00～21：00
地址：台南市長榮路一段181號

誠品高雄夢時代店3F書區舞台
時間：12／23（日）15：00～16：00
地址：高雄市前鎮區中華五路789號

洽詢電話：02-2749-4988 寶瓶文化
※免費入場・座位有限

國家圖書館預行編目資料

此時此地／劉梓潔著
--初版. --臺北市：寶瓶文化, 2012. 11
面； 公分. --(Island；187)

ISBN 978-986-5896-07-2（平裝）

855　　101022795

Island 187

此時此地

作者／劉梓潔

發行人／張寶琴
社長兼總編輯／朱亞君
主編／張純玲・簡伊玲
編輯／禹鐘月・賴逸娟
美術主編／林慧雯
校對／禹鐘月・劉素芬・呂佳真・劉梓潔
企劃副理／蘇靜玲
業務經理／盧金城
財務主任／歐素琪　業務助理／林裕翔
出版者／寶瓶文化事業有限公司
地址／台北市110信義區基隆路一段180號8樓
電話／(02)27494988　傳真／(02)27495072
郵政劃撥／19446403　寶瓶文化事業有限公司
印刷廠／世和印製企業有限公司
總經銷／大和書報圖書股份有限公司　電話／(02)89902588
地址／新北市五股工業區五工五路2號　傳真／(02)22997900
E-mail／aquarius@udngroup.com

法律顧問／理律法律事務所陳長文律師、蔣大中律師
如有破損或裝訂錯誤，請寄回本公司更換
著作完成日期／二〇一二年十月
初版一刷日期／二〇一二年十一月
初版四刷日期／二〇一二年十一月三十日

ISBN／978-986-5896-07-2
定價／二八〇元

AQUARIUS 寶瓶文化事業

愛書人卡

感謝您熱心的為我們填寫，
對您的意見，我們會認真的加以參考，
希望寶瓶文化推出的每一本書，都能得到您的肯定與永遠的支持。

系列：Island 187　**書名：此時此地**

1. 姓名：__________　性別：□男　□女

2. 生日：____年____月____日

3. 教育程度：□大學以上　□大學　□專科　□高中、高職　□高中職以下

4. 職業：__________

5. 聯絡地址：______________________

   聯絡電話：__________　手機：__________

6. E-mail信箱：______________

   □同意　□不同意　免費獲得寶瓶文化叢書訊息

7. 購買日期：____年____月____日

8. 您得知本書的管道：□報紙／雜誌　□電視／電台　□親友介紹　□逛書店　□網路
   □傳單／海報　□廣告　□其他

9. 您在哪裡買到本書：□書店，店名________　□劃撥　□現場活動　□贈書
   □網路購書，網站名稱：________　□其他________

10. 對本書的建議：（請填代號　1. 滿意　2. 尚可　3. 再改進，請提供意見）

    意見：______________

我的書衣號碼為 __________
（若您的書衣號碼尾數88者，恭喜您，不須參加抽獎直接符合資格。）

我□要　□不要　參加　劉梓潔**「此時此地午茶・Party」**抽獎。

請於2013/1/5前填妥愛書人卡資料，郵寄或將愛書人卡拍照E-mail 到寶瓶文化 aquarius@udngroup.com，**2013/1/10抽出30名幸運讀者，邀您與劉梓潔共享悠閒午後。**

※「此時此地午茶・Party」於2013/1/20 (日)午後於台北市舉辦，憑書衣入場。詳細活動時間、地點，於抽獎後，一併公佈於「寶瓶書BAR」http://aquarius0601.pixnet.net/blog

（請沿此虛線剪下）

廣 告 回 函
北區郵政管理局登記
證北台字15345號
免貼郵票

寶瓶文化事業有限公司　收

110台北市信義區基隆路一段180號8樓

8F,180 KEELUNG RD.,SEC.1,

TAIPEI.(110)TAIWAN R.O.C.

（請沿虛線對折後寄回，謝謝）